阿濃 著

字字珠璣

字字珠璣
作者・圖片／阿濃
策劃編輯／賴百樂
協力編輯／卓希雪
美術設計／陳詩韻
出版發行／突破出版社
香港沙田亞公角山路33號突破青年村
電話：2632 0000　傳真：2632 0388
電郵：breakthrough@breakthrough.org.hk
網址：http://www.breakthrough.org.hk
http://www.btproduct.com
承印／海洋印務
2022年7月初版1刷

Pearl of Word
by A Nong
First Printing, First Edition, July 2022

Printed in Hong Kong
ISBN 978-988-8562-66-4

本書採用環保油墨印刷

人文價值

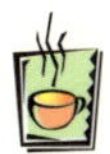

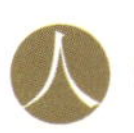

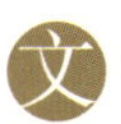

或坐在巨人的肩膀上，
或呷一口書香，
讓我們的生活漸次提升，
讓眼界更遼闊。

目　錄

二　咬文嚼字

三　能言善道

四　詩情畫意

五　寫作方略

六　文字遊戲

序

這是一本咀嚼語言文字中精妙味道的書，一字、一詞、一句、一篇，各有齒頰留香的分子。

美麗、深情、睿智、機靈、有趣。

供你欣賞，供你思索，令你有所悟，令你有所得。每篇幾分鐘，消磨你一百個生活空隙，送給你一百次會心微笑的機會。

阿濃

一・性情中人

唯有清香似舊時

南宋大詩人陸游二十歲時燕爾新婚，採擷菊花做了一對菊枕，當時還寫了詩，如他後來所說：「昔年二十時，尚作菊枕詩。採菊縫枕囊，餘香滿室生。」

到他六十三歲時，又有人送來菊花枕囊，時前妻唐琬已去，使他深有感觸，寫菊枕詩兩首：

採得黃花作枕囊，曲屏深幌悶幽香；
喚回四十三年夢，燈暗無人說斷腸。
少日曾題菊枕詩，囊編殘稿鎖蛛絲；
人間萬事銷磨盡，唯有清香似舊時。

好一個「人間舊事銷磨盡，唯有清香似舊時。」是寫菊枕也是寫自己。

我比陸游寫此詩時，年長多了，舊事如煙，但不忘初心，還是要為這世界多添點美好的東西。

繼續在文字的田園中耕耘，為青少年送上甜美的果實，希望他們心靈健康地成長。希望他們心裏有愛，愛親人、愛鄰人、愛世人、愛眾生。希望他們心中有良知，能分辨是非黑白，不為謊言邪說蒙蔽。希望他們秉性溫柔，無暴戾無仇恨，寬恕待人。希望他們愛閱讀、愛藝術、愛生活，把日子過得美好。

我自己一直過着樸素的生活，精神生活豐盛，享受友誼和大自然的恩賜。自信地說：「清香似舊時。」

天籟

這幾天在兩本書上看到同一個詞：「天籟」。一本是張岱年、鄧九平編的《儒林清風》，一本是葉夢編的《畫家散文》。

這詞出於兩位作家，一位是林斤瀾，一位是蕭沛充。他們還有一句話很接近，林斤瀾說：「浩劫（文革）過去，人也老去，相信了自己內心，有一個自己都不知覺的世界。」

蕭沛充說：「人世中原本是有一個真淳、澄澈的世界的。」

他們都相信有這樣的一個世界在。

林斤瀾在以《天籟》為題的一篇散文中這樣描寫天籟：

松濤，海嘯，歲月和江河一同流走，都得是搖撼了靈魂才算數。聽見過漫漫冰雪裏，大地春回的蘇蘇聲響嗎？夏夜星空一聲宇宙的呻吟，彷彿瞌睡的手撥動一根琴弦？這也是心靈的蘇醒，心弦的挑撥。

蕭沛充介紹畫家鍾以勤在歷劫之後的境況說：「他會去追求大自然的那份寧靜，那份和諧，在切膚地痛感到人世鬥爭的無意義和人性已充滿了失落與冷漠的時候……鍾以勤有了他的作品《天籟》：

夏夜如水的月光，遠處的森林，涼台、繡球花、貓和假寐的少女，構成了《天籟》中人和造化的合一……它是靜謐而空靈的，幾乎聽不到心靈的一絲震顫，時空泯滅，物我兩忘。

蕭沛充說：「先生在《天籟》中保持的是一種獨立自在的恬淡心境。」

這些話都使我有同感，人世紛亂，我心找不到安頓處。我那真淳、澄澈的心靈世界陷於迷霧之中，要有多大的定力，多高的智慧，才能把它尋回、修補、洗滌，讓我能守着它度我餘年？

尋人廣告

朱先生失蹤了，不知是在哪年哪月哪天失蹤的。也不知是在哪一區、哪條街、哪個角落失蹤的，他在不知不覺中消失了。

頭髮烏黑、眼睛明亮、嘴唇紅潤、牙齒潔白、腰板挺直、手腳靈活的朱先生失蹤了。

凡事樂觀、灑脱豪放、充滿自信、積極進取、不畏人言、我行我素的朱先生消失了。

感情豐富、敢愛敢恨、想哭便哭、想笑便笑、熱血澎湃、赤心一片的朱先生不見了。

坦白率直、胸無城府、知無不言、言無不盡、誠懇真摯、敦厚樸實的朱先生不見了。

熱愛生活、欣賞人生、興趣多樣、嗜好百種、肯學肯做、如癡如醉的朱先生不見了。

留下的是一個不再青春、不再活躍、不再勇敢、不再自信、不再坦誠、不再快樂也不再可愛的朱先生。

現在不再可愛的朱先生以此廣告，找尋那失蹤了的可愛的朱先生。

四方君子如有獲悉其消息者，請通知闌珊道、落寞里、不甘樓朱先生，感激不盡。

以上廣告刊出三十多年，無人回應。不過刊登廣告的他已不再期盼，他搬家了，新居地址是夕陽道、黃昏里、無求樓。

詩品品人

唐詩人司空圖著有《二十四詩品》，把詩歌作品歸結為二十四種風格。每一品都用十二個四字句來描述。這二十四品是：雄渾、沖淡、纖濃、沉着、高古、典雅、洗煉、勁健、綺麗、自然、含蓄、豪放、精神、縝密、疏野、清奇、委曲、實境、悲慨、形容、超詣、飄逸、曠達、流動。

詩有品，人亦有品。看司空圖的描述，其實完全可以用來品人。一個人如果一品也品不上，定是淺白枯燥無味之徒。跟這類人交往，很快會厭倦。

一個詩人可以有多種詩風，一個人也可兼備多種人品，這樣的人會充滿趣味，與之交，歷久不厭，時有新發現、新驚喜。

不是自我標榜，審閱我自己，跟其中若干品也能沾上邊。

對於名利和生活要求我是「沖淡」的，而且愈老愈淡。

偶然寫些小詩，風格是「纖穠」的。詩中「采采流水，蓬蓬遠春。窈窕深谷，時見美人。」

做事的風格是「沉着」的，一副胸有成竹的樣子。

個人的風格算得上「典雅」，並無俗氣。「落花無言，人淡如菊。書之歲華，其曰可讀。」自信我這本「書」是具備可讀性的。

說到「洗煉」，做人有點拖泥帶水；但在文字上一向要言不煩，算得上是「洗煉」吧。

做人和作文，我都不喜作態，保持「自然」風格。即使寫詩也不想琢磨過甚。

人到暮年，難免有「修短隨化，終期於盡」的「悲慨」，「百歲如流，富貴冷灰」，悲是悲的，但心中無憤。

至於「曠達」，面對「歡樂苦短，憂愁實多」，想「倒酒既盡，杖藜行歌」卻是雖未能到有此志，等待吧。

當別人寫錯我的名字

把我錯當另一位的不少，最常碰見的是把我當成同版寫作的阿樂先生，只因我們有一個「阿」字相同。

寫錯我名字的也不少，送書給我，請我「雅正」，先把我的名字正了再說。出一本書成本不少，送書給人當然想別人欣賞，或真的提意見。那是不是首先要弄清楚對方的名字呢？這該是最起碼的尊重。

相信在下也並非無名之輩，如是，你也不會送書給我。卻把名字寫成「阿農」、「阿儂」，這是什麼一回事呢？這裏的文化界不大，有這樣兩個人嗎？

你是不是太自我中心了？心裏只有自己，人人都圍着你轉，他是甲乙丙丁你不太注意。反正是個名人吧，起碼讓他知道你的存在。可是你寫錯他的名字，已說明你心中沒有他存在。

還有來郵請我跟他合作做事的，先説一大堆恭維話，然後恭請你做他們的榮譽顧問。恭維話包括你如何學問淵博，名重一時。好呀，名重一時就把你的名字弄錯了。

這説明他邀請你的誠意有多少呢？他真的對你有認識嗎？你跟他合作會有什麼後果呢？他只不過想你做他的佈景板，壯壯他的聲勢。而且做事如此粗疏的人，分分鐘出紕漏，到時你這個榮譽顧問的榮譽可能也會受影響。

所以人家寫錯我的名字我不會生氣，只是書既然不是送給我，我就不必看；邀請合作的人也不是我，我就不必回答。公道得很。

屁事理論

有人說如果能適當運用兩種屁事理論：「關我屁事」和「關你屁事」，就可以節省 80% 的時間。

想來也是，記得「關我屁事」，許多做「佈景板」、湊熱鬧的事就不必去了。做「佈景板」要預留時間，要穿着整齊，要開車或乘車，要陪笑臉，要說無聊的廢話，只不過為了成全某人的某種圖謀。

幫人「抬轎」的事也可以免了。人家有興趣從政，你對政治無興趣，覺得誰未上台都說得好聽，一上台便變成一丘之貉。即使如今你跟他是好友，到他上了位，事務跟應酬兩忙，大家自然疏遠了。想到這一點，就覺得幫他競選其實無謂。直接告訴他：陪你喝酒可以，陪你趕科場就別預我了。

至於「關你屁事」是用來對付那些「熱心」人士的，本小姐三十五歲尚未嫁人，或因我眼角高，或因我覺得獨身自由，又礙着你們了？何必為我搞那些「相睇」、撮合？來見的都是些籮底橙、賣剩蔗，難道我只跟這類人相配？這豈不是傷我自尊？謝謝你們，別浪費大家的時間了。

一些平常人不會做的事，我偏做了，既不違背道德也不違反法律，那就「關你屁事」，你又何必為我擔憂，要約時間勸說我？我知道我的選擇可能會帶來痛苦，可能會影響健康，但這都是我私人的事，是經過深思熟慮後的選擇。你們的好意心領了。

我並不是冷漠無情，我也懂得當仁不讓，並非事事「關你屁事」；我也懂得兼聽則明，學子路聞過則喜，並非一概「關你屁事」，每件事有每件事的處理方法，不會一概而論。

離開人類

開始閱讀魯迅翻譯的《小約翰》，這是一則長篇童話，但很不適合兒童閱讀，因為譯筆不順，有很多語法上的毛病。

不過我硬着頭皮看下去，竟與書中人物有了同感，忘記了文字的生澀。

書中兩個主要人物，小約翰和旋兒。小約翰是小學生，旋兒是個有翅膀的精靈，也是男性，他帶小約翰去了解大自然的神秘世界。

旋兒説：「在人類裏忍受着你的無窮的悲哀，煩惱，艱困和憂愁。每天每天使你苦辛，在生活的重擔底下歎息。他們會用了他們的粗獷，來損傷或窘迫你柔弱的靈魂。」這番話正是我近期的感受。

旋兒說：「如果這使你憂愁，你用不着和他們在一處。」

那我該到哪裏去？

旋兒說：「我們要在最密的樹林裏盤桓，在寂寞的，明朗的沙崗上，在池邊的蘆葦裏。到水底，在水草之間，到妖精的宮闕裏，到小鬼頭的住所裏……我們要靠花香為生，還在月光中和妖精們跳舞。」

當白頭鳥飛上最高的枝梢歌唱，旋兒說：「這不比人聲還美麼？這裏一切都是諧和，你在人類中永遠得不到。」

是的，這些日子我聽到的都是咒罵殺伐之聲。

可是我能離開人類社會嗎？這樣的世界是不是只有童話才存在？

不，這樣的世界就在你我身邊，就在你我的前後園子，就在相隔十分鐘車程的省級公園，就在高高的樹梢，就在潺潺的泉水，就在樹隙的陽光，就在空山的鳥鳴，不論世界多紛亂，它們永遠等你去親近。

誰是名士

北京華夏出版社出版了一套「近代名士別傳叢書」，第一輯五部：《風塵逸士吳稚暉別傳》、《簾捲西風林琴南別傳》、《狂士怪傑辜鴻銘別傳》、《爛漫天才梁啟超別傳》及《失行孤雁王國維別傳》。

每部書前都有一篇李玉剛的總序：〈中國名士漫論〉，為「名士」的「資格」作定義。

他認為，名士之為名士，與是否出世或入仕無大關係，重要的是他們身上總要有種名士氣。説得具體點是身為名士至少具備兩種特質：

一是才情，所謂才，要學富五車，文傾三峽，汪洋恣肆，才氣橫溢，領新標異，獨得風騷。所謂情，應是瀟灑情性，風流倜儻，雅致逸趣，大不拘俗，任情冰玉，流韻澤光。

二是狷狂，所謂狷，要性情耿介，非同流俗，嬉怒人生，諷罵時世。所謂狂，是率性任情，狂放不羈，冷峻怪誕，悖逆時流。

他說，這些名士們，構成了那個時代的一種獨特風景，耐人尋看，耐人品味。

文中他舉了古代的莊子、彌衡、阮籍、稽康、李白、蘇東坡、徐渭、唐寅、鄭燮，近代的龔自珍、章太炎、辜鴻銘、蘇曼殊、陳獨秀、梁漱溟。我認為還可加上李叔同、徐志摩、郁達夫、豐子愷。

雖然李玉剛說是否名士與出世入仕無大關係，但我覺得一個人做了大官或什麼領袖、權威，就很難將他列為名士，名士的狂狷使他們跟建制格格不入，即使做了官也是被貶謫的多。此所以我覺得王安石、韓愈、魯迅、胡適，甚至杜甫、陸游都不能算名士，熱衷政治、或被視為師表、榜樣的人不能兼備名士身分。

三慕完人

趙樹功寫的《中國尺牘文學史》，提到有人稱蘇軾為「三慕完人」，三慕者：男人羡慕，女人愛慕，千古世人仰慕。

男人羡慕他在文學和藝術上都有崇高成就，在感情生活上有三位出色女性陪伴他，在日常生活上也享用豐富。

蘇軾有三位夫人，都姓王，但他不濫情，三人在他不同的生命階段陪伴他。那首《江城子》，悼念第一任亡妻王弗：「十年生死兩茫茫，不思量，自難忘。千里孤墳，無處話淒涼。縱使相逢應不識，塵滿面，鬢如霜。夜來幽夢忽還鄉，小軒窗，正梳妝。相顧無言，惟有淚千行。料得年年腸斷處，明月夜，短松崗。」至情人至情語，使多少女性讀者愛煞了他。第三位夫人王朝雲死後，東坡在墓上築六如亭記念她，撰聯曰：「不合時宜，惟有朝雲能識我；獨彈古調，每逢暮雨倍思卿。」因朝雲曾笑他「一肚皮不合時宜」，故有上聯。亦見多情。

我與東坡不同時，只屬千古仰慕者之一。他文章寫得好，與歐陽修合稱歐蘇；他詩寫得好，與黃庭堅合稱蘇黃；他詞寫得好，與辛棄疾合稱蘇辛；他字寫得好，與黃庭堅、米芾、蔡京合稱蘇黃米蔡。一個人能在這麼多文學藝術範疇達到頂尖程度，怎能不服！

説到他享受生活，一味東坡肉至今是名菜。「日啖荔枝三百顆」，因貶謫而有口福。任職蘇州時疏濬西湖築蘇堤，成西湖十景之一，當日他步行堤上，詩意定滿溢心間。

軾啓江上
邂逅俯仰八年懷仰
世契感悵不已辱
書且審
起居佳勝
令弟愛子各想康福餘
面莫既人回忽忽不宣軾再拜
知縣朝奉閣下

蘇軾《邂逅帖》（又稱《江上帖》）

如何形容自己？

葉公（葉讀作攝，本名沈諸梁，春秋時人，因封邑為葉，人稱葉公。就是成語「葉公好龍」的主角）問孔子的學生子路：「你老師的為人怎麼樣？」子路不睬他，在背後議論老師，不合禮數嘛。

孔子知道有這回事，便說：「女（汝）奚不曰，其為人也，發憤忘食，樂以忘憂，不知老之將至云爾。」

孔子這樣形容自己，我不是自比聖人，但我想說：「我也是這樣呀！做起喜歡的事來，飯也忘了吃。雖有不如意事，卻能樂觀面對。孔子享年七十二歲，我比他大不少，卻從不覺得自己是個老頭子。」

古人看自己，喜歡以「自詠」的方式表達。唐代大詩人白居易，我的男神這樣說：

鬢白面微紅，醺醺半醉中。

百年隨手過，萬事轉頭空。

臥疾瘦居士，行歌狂老翁。

仍聞好事者，將我畫屏風。

既有描繪，亦有感懷，更有沾沾自喜。一個可愛的老兒，躍然紙上。

作詩過萬首的南宋詩人陸游，有「自詠」七律，說自己「遊戲人間歲月多，癡頑將奈此翁何？」又說：「明朝不見知何處，又向江湖醉踏歌。」兩位詩人競相說自己醉、狂、癡、頑，此乃老詩翁的特徵麼？

得見動人處

男女相愛，往往由於某一刻的觸動。此時也，他／她特別動人，或嬌媚，或俏皮，或英氣，或勇武，或楚楚可憐，或風流倜儻，或技藝出眾，或感人淚下……就在這瞬間，你對他／她傾了心，動了情。

因此，表演界的朋友多了機會，佔了便宜。因為各類藝術的演出，都會把角色美化。

一個日常生活中平平常常的人，一登舞台，就會發散一種藝術魅力。飾美女者風情萬種，飾英雄者豪氣干雲。一般觀眾只能成為他／她的粉絲，如果你是他／她的朋友，傾心之餘，還可能動了追求的念頭。因為你比旁人有更多的機會。

不是表演界的朋友，卻也不必自愧不如，日常生活中你也扮演多種角色，有你表現的機會。

當意外發生時，你能否臨危不亂，指揮若定？當有人需要援手時，你能否急公好義，慷慨相助？當引誘出現時，你能否潔身自愛，無動於衷？當羣龍無首，人心渙散時，你能否登高一呼，重整旗鼓？當謠諑紛紜，有口難辯時，你能否從容面對，無畏無懼？

生活中的真實角色，演得好的難度更大。其吸引力和動人處也更強。

真實角色的扮演不是靠演技，而是看一人的修養、品格。「時窮節乃現」，在困難中突顯了你；生活的洪爐，也能分辨誰是「真金」。人生是一大舞台，人人有演出機會。

誰是美女？

男士而不喜歡看美女，不是騙你就是不正常。不過美女雖有一些共同標準，卻在不同人的眼中有其分別。像一般人愛白，簡而清卻說 black is beauty。

我眼中的美女有幾個特點，讓我一一道來。

第一是她不知道自己是美女。自己以為自己是美女的有兩個可能，一個是她的確有幾分姿色，接受的仰慕目光和讚美太多，就驕傲起來，這驕傲的神色立刻使她的美麗打了六折，只剩六十分了。一個是她根本不是美女，就像「文章是自己的好」一樣，無自知之明。這個誤會，使她獲得一句評論：「醜人多作怪」。明明是美女而不自知，就能保持一份天真，一份自然，一份清新，一份可親……加起來是十分可愛。

第二是她不靠化妝，天然的紅，天然的白，天然的黑，是任何人工化妝品達不到的效果，因為那是活的，深入內層的，隨時起變化的，不會嫌多，也不會嫌少。

第三是她有靈氣，絕頂的聰明，善解人意。完全沒有機心，卻是心有九竅，知道人家的需要，不必要求，就能使你歡喜。什麼都是一學就會，青出於藍必勝於藍，沒有一個老師不喜歡這樣的學生。

第四是她有光彩，在一千個女生的聚會中，有審美眼光的人也能一眼看到她。不論多普通的衣服給她一穿，那衣服就變得好看，不是「人靠衣裝」，而是「衣因人美」。禾桿固然冚不到這顆珍珠，鑽石也搶不到她的光華。

這樣的美人兒最值得我們愛之護之，世間珍寶也。

情深語

唐朝詩人白居易和元稹交情深厚，更勝李白和杜甫，兩人唱酬甚多，其中頗多情深語，非一般人所能道。

白居易說在長安七年，只交得元稹一個朋友，因為「所合在方寸，心源無異端」。

他們互相欣賞對方的作品，每去到一處，便去找尋對方被抄寫在牆壁上的作品。白居易寫道：「君寫我詩盈寺壁，我題君句滿屏風。」

元稹寫過一首《寄樂天》，白居易便寫一首《和寄樂天》相和。其中深情語有：「在車如輪轅，在身如肘腋。又如風雲會，天使相召匹。」用了三個比喻形容二人關係之親密，還說是上天旨意。

他們書信不斷，每通都慎重其事，白居易記夜間寫信給元稹情況：

心緒萬端書兩紙，欲封重讀意遲遲。

五聲官漏初明夜，一盞殘燈欲滅時。

元稹在收到白居易的信時，更是涕淚盈眶：

遠信入門先有淚，妻驚女哭問何如？

尋常不省曾如此，應是江州司馬書。

連妻女都知道元稹只有在收到白居易的信時才如此緊張。

元稹寫給白居易的詩，情深處不輸男女之愛，如：「願為雲與雨，會合天之垂。只得兩相望，不得長相隨。」

公元 831 年，元稹逝世，是年白居易六十歲，悼詩中有《夢微之》，也是令人深為感動的：

夜來携手夢同游，晨起盈巾淚莫收。

漳浦老身三度病，咸陽宿草八回秋。

君埋泉下泥銷骨，我寄人間雪滿頭。

阿衛韓郎相次去，夜台茫昧得知不？

二・咬文嚼字

「打」之不盡

民國十五年（1926年）詩人兼語文學家劉半農，又名劉復，寫了一篇《打雅》，開頭就說：「這年頭兒『打』字是很時髦的。你看，十五年來，大有大打，小有小打，南有南打，北有北打，早把這中華民國打得稀破六爛，而嗚他媽呼，打的還在打！」

後來他在《半農雜文》第一集的《附言》中提到，無論那一種語言裏總有幾個「混蛋字」，有如英語中的take和get，而中文裏的「打」就「混蛋到極點」。他說「打」的原義是從「手」、「丁」聲，如「打一個嘴巴」「打鼓罵曹」，但「打」字卻有許多與原義不相干的用法，他隨手就寫了一百零一種，如「打電話」、「打電報」、「打算」、「打秋風」等等，其中有些不但在繼續使用，而且有了新意，如：

打包，本解綑成一包，新解有把在酒樓吃剩的菜或點心裝好帶走；又解醫院護士把遺體包好準備遷離病牀。

打印，本解蓋印，現解用影印機複印。

打臉，本解臉上畫花紋，現解被人駁倒，沒面子。

隨着時代變遷，地域不同，產生了許多「打」的新詞：

打靶，槍斃也。

打的，乘坐的士。

打假，打擊假冒（假藥、假名牌、假成分）以謀取暴利的犯罪活動。

打老虎，打擊大貪污犯。

打蒼蠅，打擊小貪污犯。

和尚打傘，無法無天。

打底，墊襯在先。赴宴前先吃點東西；面衫裏多穿一件；化妝的最底層。

打小人，以拖鞋拍打代表敵對者的紙人的一種魘魔法。

打牙骹，閒聊。

打冷震，發抖。

打水漂，白白虧蝕了。

打邊爐和打邊鼓

續寫劉半農在《打雅》中列舉非用手的拍打、敲打動作的詞語，其中有「打邊鼓」，但沒有「打邊爐」。上篇我多舉了一批，此篇再舉一批，是有關日常生活和表現姿態的。

打邊爐，又叫火鍋。冬日最合時。

打酒，從前酒可散購，可打四兩或半斤。同樣可打油。

打柴，到山上斬柴作燃料。

打牙祭，好好吃一頓。

打針，注射。

打點滴，靜脈注射。

打官腔，空洞的官式發言，無誠意。

打哈哈，以笑聲虛假地回應。

打交道，與之來往，建立關係。

打躬作揖，謙卑地行禮。

打尖，排隊時插隊佔先。

打量，觀察、估算。

打退堂鼓，表態退出。

打圓場，做和事老，息爭，讓敵對兩方都不失面子。

打主意，有不良企圖。

打成一片，本來不同的部分融合為一。

打情罵俏，男女以言語互相挑逗。

打住，暫停。

打游擊和打天下

再寫劉半農在《打雅》列舉非擊打動作的「打」字成語。

打游擊，戰術之一，所有戰爭詞語都可用「打」字：打冷戰、打貿易戰、打心理戰、打核子戰……

打天下，以武力取得統治權，所謂槍桿子裏出政權，誰還相信仁義能得天下？

打魚，出海捕魚，用的是網。「三日打魚，五日曬網」比喻學習或工作不能持之以恆。

打賭，不一定以金錢作賭注，猜測一件事物未定的結果，敗者須承受某種懲罰。

打劫，搶掠。「打家劫舍」是賊匪所為。「打劫紅毛鬼，進貢法蘭西。」冤孽來，冤孽去。

打價，查詢價錢，決定是否購買？與誰交易？貨比三家不吃虧。

打獵，捕捉野獸，本人最不欣賞的活動之一。因而產生的詞語有獵影、獵豔、獵槍……

打磨，使物體表面平滑。

打前站，先頭部隊的工作，準備好一切，等主力前來。

打頭陣，前鋒部隊的工作，往往成為炮灰。

打消，撤除原先計劃和念頭。

打折，減價某個百分比。

打種，讓動物交配成孕。

打烊，商店晚間熄燈準備休息。

打響，使眾人注目、認識。打響第一炮，一鳴驚人。「打響個朵」，「朵」即名堂。

唔係「嘢」少（一）

粵語地位問題正引起關注，但粵語絕對是一種生命力強大又極之有趣的語言，我雖不是粵人，卻有興趣談談其有趣之處，這篇就談個「嘢」字。

查《康熙字典》沒有這個字，《難僻字字典》沒有這個字，粵人夠膽量，敢學倉頡造字，而且造了不少。其中一個造字方法是借音。它的讀音是借來的，就在這個「債主」的左旁加個「口」碼，如「咗」、「哋」、「嘢」，「嘢」字也是這樣造出來的。

「嘢」有四個用法：代物、代事、代人，而本身亦可作量詞用。

先講代物，等於書面語中的「東西」。如買嘢、賣嘢、睇嘢、食嘢、寫嘢、畫嘢、攞嘢、搵嘢、煮嘢、打爛嘢……

「東西」有好壞，好壞有級數差別，試從最差介紹到最好。

唔係嘢：連「東西」的資格都沒有，視如無物。

渣嘢：次貨，渣滓一類。

平嘢：廉價貨，俗謂「平嘢冇好」。（cheap 嘢同樣是廉價貨，但語氣更不屑。）

粗嘢：不是精緻物件，自謙之辭。「粗嘢來嘅，請笑納。」

好嘢：好東西。（「好嘢！」則可用作讚美、歡呼或幸災樂禍。「好嘢！有假放！」、「好嘢！應有此報！抵佢死！」）

靚嘢：指質素甚佳。

正嘢：何止不假，而且屬頂級，可豎起大拇指。

筍嘢：又好又豐盛，而且不難得，不該錯過的好東西。

唔係「嘢」少（二）

「嘢」解「東西」代表物，像「東西」可代表人一樣，「嘢」也可代表人。

「小東西」是孩子，「壞東西」是壞人，「不是東西」是連做物的資格都不具備了。

「衰嘢」的意思本是「壞東西」，卻被「愛化」了。

「兩隻衰嘢平日好早瞓，見有人來就唔捨得上牀了。」這是媽媽對小寶寶的愛稱。

「衰嘢懶高竇，請你睇戲都話唔得閒！」這是女友對男友的淺責。聽起來頗肉麻。

「老嘢」是對老人家的嫌棄稱呼，不幸的是偏出於家人之口。

「兩隻老嘢意見多多，有飯佢食還嫌三嫌四！」此乃不孝的媳婦向外人訴説之詞，不把老人當人，而稱之為「東西」，實在過分。

「渣嘢」可代物亦可代人。「成班渣嘢，呢場波輸硬啦！」

「大枝嘢」是裝闊少，扮大款，自以為了不起的淺薄傢伙。「這個富二代，靠老竇上位，懶大枝嘢，指生晒，其實乜都唔識！」

「污糟嘢」、「那渣嘢」:「嘢」不但代活人，還代死鬼。因為「日頭唔好講人，夜晚唔好講鬼」，只能以「嘢」代之。

「剛才聽説呢間酒店有污糟嘢，今晚唔使瞓了。」

唔係「嘢」少（三）

「嘢」的第三個用法是代表「事」，而且大多是較嚴重較特別的事，果真唔係「嘢」少。

拿最平常的「做嘢」來說，可以是一般的「做事」，例如「食嘢唔做嘢，做嘢打爛嘢。」看警匪片，一班警務人員，緊張地埋伏着，等目標人物進入警戒範圍，想開始不法行為了，指揮官一聲「做嘢！」一場可能包括槍戰，引致人命傷亡的行動開始。那在新聞報道時就成為「大單嘢」了。

有人可能吃過警察的虧，於是故意在警察面前整古做怪，而警察莫奈他何。我們稱此種行動為「玩嘢」。玩慣了可能有一次「玩大咗」，自吃苦果。

一個幼稚的人有某種特長總想別人知道，忍不住在人前炫耀，我們稱之為「演嘢」，包括一些危險動作，偶一不慎就會造成悲劇。

男女間有曖昧情事，坊間流言蜚語，稱之為「有嘢」。當事者不肯承認，力辯為「冇嘢」。一個人突然行為反常，人家便會問：「你冇嘢呀嘛？」（病了？黐了線？）不能不歎這個「嘢」字應用範圍可如此之廣。

工作中出了意外，為機械或工具所傷。一時大意，為毒物所害。我們稱之為「領嘢」。獲得教訓之後會特別小心。

一件困難工作，非一般人能解決。有能者完成得十分漂亮，便有長輩視為範例，對後輩說：「細路，學嘢啦！」

上得山多終遇虎，偷呃拐騙，終於留下線索，被警偵破，這叫「瀨嘢」。「瀨」讀「乃」。

「乜嘢」是疑問詞，「物」、「事」均可，「食乜嘢」是物，「做乜嘢」是事。

唔係「嘢」少（四）

因為「嘢」可以代表許多不同的物和許多不同的事，因此它的量詞也是比較多的。不像「貓」只可論「隻」,「龍」只可論「條」。

一類是以形狀分的,「一粒嘢」: 眼皮生咗一粒嘢，原來是俗語所説眼挑針的麥粒腫。

「一嚿嘢」: 心口無端端腫起一嚿嘢，要小心。

「一堆嘢」: 隻狗痾咗一堆嘢喺度，你去搞掂佢。

「一『執』嘢」(「執」解「紮」): 佢攞住一「執」嘢我睇，原來係脱髮。

「呢張嘢」: 呢張嘢好緊要，出入境靠佢。

「呢枝嘢」: 呢枝嘢珍藏咗好耐，今晚同你飲杯。

「呢塊嘢」：呢塊嘢係漢白玉，色水好潤。

一類以「嘢」代錢，「一嚿嘢」是一百元，「一撇嘢」是一千元，「一皮嘢」和「一盤嘢」都是一萬元。

有幾個「嘢」的量詞有特別意思。

「呢味嘢」：大麻呢味嘢合法之後，麻煩多多囉！

「呢劑嘢」：廿三條立法呢劑嘢係淥手山芋來嘅。

「味」和「劑」都是藥的量詞，當然要慎用，否則會弄出「大鑊嘢」。「大鑊嘢」不可怕，可怕在「傑撻撻」，「傑」字借音，黏稠化不開的意思。

「嘢」字還有一有趣處，就是它本身也是量詞。

老竇輕輕打佢一嘢，就喊到天翻地覆。

佢一嘢打埋去，個煲就爛咗。

過得去和過不去

中文之難學，從這兩個普通詞語可知。兩個詞語都有「過」、「去」二字，但意思並不相關，兩者不是相反詞。

「過得去」是尚算滿意，不好也不差。生意過得去，人品過得去，待遇過得去……「過不去」是有心為難，「你別跟我過不去，我們是多年朋友。」「他這是跟自己過不去，旁人無能為力。」

就是這「過去」的用法也不止一個，走過去，跑過去，望過去……向着目標，有所動作。人人都有過去，過去的事就別提了，這「過去」是往昔。

「過」也是過錯、過失。《左傳》上士季對晉靈公說的：「人誰無過，過而能改，善莫大焉。」孔子也說：「過則不憚改。」不憚是不怕的意思。子路「聞過則喜」，因為可以改正了。

「過」是經過，人生如「過客」，寄寓世界一段日子，終會「過世」，粵語叫「過身」。文章經記憶力好的人看過便「過目不忘」，《孟德新書》的故事中的張松有此能耐。

宋朝有一個陳舍人，他的杜甫詩集殘缺，在杜甫送蔡都尉詩中有兩句：「身輕一鳥？，槍急萬人呼。」其中缺一字，大家來猜，有人說「疾」，有人說「度」，有人說「落」、「起」、「下」，結果找到一個完整的本子，原來是「身輕一鳥過」，大家都覺得這「過」字最是貼切，快速地一掠而去的意思。

「如果沒有你，日子怎麼過？」（歌詞摘錄自電影《柳浪聞鶯》插曲，白光主唱）。這「過」字代表「生活」，過苦日子，過緊日子，過年，過節，「他們倆在一起過了。」過夫婦生活喇。

吃過和睡過

上篇談過「過」字的幾種用法，意猶未盡，今天再來過。

先說「吃過」，這「過」字放在動詞後，代表事情的完畢，如笑過、哭過，愛過、恨過，打過、鬧過。這「吃過」有實質的：吃過滿漢全席，吃過珍饈百味。有抽象的：吃過虧，吃過苦頭。

這「睡過」，起碼有兩解：一是真正的睡：他整晚沒睡過。一是代表性愛：他睡過許多女人。阿 Q 向吳媽示愛：「我和你睏覺！」失敗告終，他沒有跟女人睡過的經驗。

「過」是「過分」，你情緒激動，說話「過火」了。事情不是你想像的糟，你「過慮」了。他失控，行動「過激」了。

子貢問孔子，子張和子夏誰的表現較好？孔子說，子張過分，子夏不足。子貢說，那是子張較好？孔子說：「過猶不及。」「過猶不及」已是一句成語，意思是事情做得超越限度，跟做得不夠同樣不理想。

「過」可解轉移，股票、存款可「過戶」，房產和「過讓」。

「過」可解使之經過，不純的物質要「過濾」，出售的禽畜要「過秤」，被豢養的家畜難免「過一刀」。

下面幾個「過」的成語你可知來歷？

過門不入：大禹治水，三過家門不入。

過屠門而大嚼：經過肉店，即使吃不起，也要作勢大嚼一番，滿足心理。曹植與吳貴重書：「過屠門而大嚼，雖不得肉，貴且快意。」許多男士見美女雖不能親近也要狠狠多看幾眼，近似。

過河卒子：胡適在四十七歲那年自題小照：「偶有

幾莖白髮，心情微近中年；做了過河卒子，只能拼命向前。」

洗濕個頭騎虎難下的「過來人」會明白箇中情味。

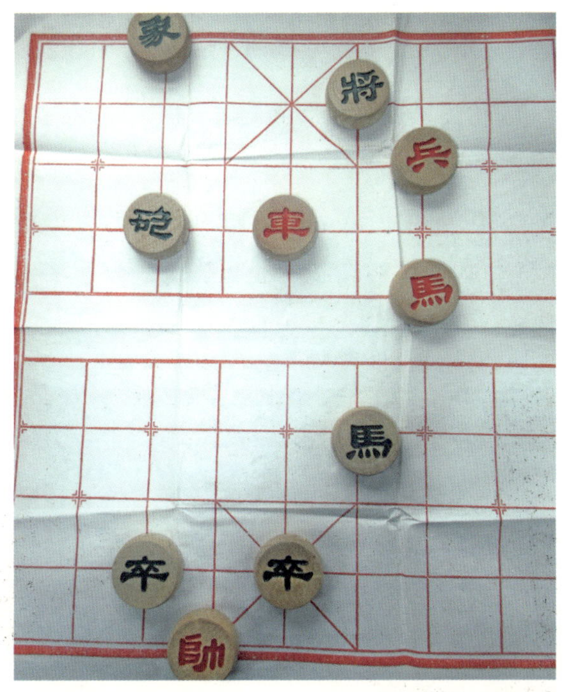

過河卒子

文白兩用的「食」

不少人認為粵語中保留不少古漢語，其中必舉的例子是「吃飯」為「食飯」，其他同樣的有「吃魚」為「食魚」，「吃藥」為「食藥」等等。

其實「食」字不單是文言用，「白話」使用更多。

把「吃」當名詞的暫時只記得「小吃」，而把「食」當名詞的在在都是：主食、副食、肉食、蔬食、麵食、素食、零食、美食……

用「食」標明某種物件是與食有關的性質，如：食譜（相比年譜、畫譜、菊譜、樂譜……），食經（相比佛經、馬經、拳經……），食客（相比旅客、酒客、説客、男客、女客、貴客、劍客、俠客……），食堂（相比佛堂、齋堂、澡堂、草堂、學堂……），食油（相比汽油、機油、潤滑油、香油、藥油……），食米（相比石米、粟米、麥米……），食品（相比藥品、補品、貢品、紡織品、陳列品、非賣品……），食具（相比佛具、茶具、寢具、農具、畫具……）。

至於食指，指第二指，可能跟古代用此指蘸湯水試其冷熱和味道有關。但「食指浩繁」卻指家庭人口眾多，吃飯是一問題。「食道」不是跟「茶道」、「花道」、「書道」並列，而是跟「腸道」、「陰道」一系列。

「食」有三個讀音，一音「蝕」，解吃，吃的東西和虧蝕（如日食、月食）。二音「嗣」，同飼，拿食物給人，餵（如「食之以粥」）。三音「誼」，酈食其，秦末辯士，便讀「歷誼基」。

關於「食」的成語和諺語，下篇再談。

孔子談食

《論語》一書，孔子説及「食」字共四十一次，我選擇其中三處介紹一下。

第一處是《鄉黨篇》：

「食不厭精，膾不厭細。」糧食不嫌舂得精，魚和肉不嫌切得細。説明孔子講究質量，可是現代人知道糙米比白米更有益，精製的米麪並不是好東西。

「食饐而餲，魚餒而肉敗，不食。色惡，不食。臭惡，不食。失飪，不食。不時，不食。割不正，不食。不得其醬，不食。」這七個「不食」，反映孔子對吃是多麼講究。食物腐爛發臭，連顏色也變了，不食，是吃的衞生。失飪，烹飪不得其法，過鹹、過辣，難吃。不時，不吃，有兩解：不是當造的菜不吃或不是用膳的時間不吃。兩者都有道理。前者是講究，後者是健康。至於切割得不合規矩，醬料配合不當就不吃，還是苛求了一些。

第二處是《陽貨篇》：

子曰：「飽食終日，無所用心，難矣哉！不有博弈者乎？為之，猶賢乎已。」孔子討厭人活得像豬，說寧願下棋好過。孔子並不認為下棋是最好的事，正如我不認為整天上網、打機是最好的利用時間的做法，但食飽之後像隻死豬般癱在那裏，實在太令人看不過眼了。

第三處是《衞靈公篇》：

子曰：「吾嘗終日不食，終夜不寢，以思，無益。不如學也。」看來孔子有輕微抑鬱症，曾經整天不吃東西，整晚不睡覺。想想，也覺得沒有益處，還是去用功學點什麼為妙。

因此去報個校外課程，枕邊經常有書，才是孔子的好學生。

「食」的故事

白話文在使用成語時，不會把「食」改成「吃」。有「食」字的成語和詩文還真不少。為免枯燥，試介紹其中三則故事。

第一則是「食少事煩」。見《三國演義》第一百零三回。諸葛亮與司馬懿對峙於五丈原，司馬懿只守不戰。諸葛亮遣使者送上巾幗婦人之衣，笑他「窟守土巢，謹避刀箭，與婦人何異！」

司馬懿知是激將法，把東西收下，還重待來使。但詢問孔明的生活狀況，包括寢食和公務。使者說丞相起得早，睡得遲，食得少，但事無大小都親自過問。司馬懿聽了對諸將說：「孔明食少事煩，其能久乎？」使者回到五丈原，把司馬懿的話告訴孔明，孔明歎息道：「彼深知我也！」

第二則是「嗟來之食」。春秋戰國時期，有一年，齊國嚴重饑荒。善心人黔敖在路旁設食檔救濟饑者。一個衣衫襤褸的漢子走過來。黔敖一手拿食物，一手拿飲料，對着這漢子吆喝道：「嗟！來食！」（「喂！來吃！」）那漢子瞪着眼看着黔敖說：「我就是不吃這嗟來之食，才弄成今天這樣子！」黔敖向他道歉，他竟始終不肯進食，結果餓死了。

第三則是「晚食當肉」。戰國時齊宣王想延攬顏斶做他的老師，說會給他優越的待遇，有豐富美好的食物，有華麗寬敞的馬車，妻子會穿上漂亮的衣服。顏斶推辭說：「……我寧願返回老家，晚食以當肉，安步以當車，無罪以當貴……」

在「食」的態度上，孔明的犧牲，窮漢的自尊，顏斶的淡泊都有強烈的個性。

食細魚和食鹹魚

粵語中有「食」字的俗諺，大多生鬼（生動鬼馬）。學習廣東話如果不認識這些就是未到家。

先說兩條歇後語：

雞食放光蟲——心知肚明。你知我知，只是不宣之於口。

黃皮樹了哥——唔熟唔食。別以為你們相熟，他會有優待給你，愈是熟人知你不會講價，愈會收貴你。

有「食」字的罵人語多的是：

有「食人唔謬（吐）骨」，損害人不留餘地，連骨頭都嚼碎吞下去，形容盡致，好恐怖！

有「食碗面反碗底」，粵語長片中常聽吳楚帆說，罵的是「反骨仔」不識知恩圖報，反而恩將仇報。

有「好食懶飛」，形容某些家庭成員，白吃飯，不做事，遊手好閒。

有「食人隻車」，車是象棋中最有戰鬥力的一隻棋，你「食人隻車」就是想奪取對方最重要的資源。

有「食水深」，就是在交易過程中謀取了過多利益。

有「食懵你！」，就是你表現得太糊塗了。

有「獨食難肥」，一人獨佔利益，不會有好結果。

有「食濕米」，愚蠢，敗事。

有「食屎食着豆」，死好命，本該倒霉，卻偏好彩，有所得着，故嘲諷之。

下面是「食」的世故語，世事如此，睇開啲啦：

「食得鹹魚抵得渴」，你選擇了走這條路（非正途），就要抵受帶來的不良後果。

「牛耕田，馬食穀，老竇搵錢仔享福。」世事不公，代代如此。

「大魚食細魚，細魚食蝦米。」現代漢語裏也有「大魚吃小魚」，資本主義社會弱肉強食規律。身為小魚或蝦米者如何逆境自強，看你能否抓緊機會「食住上」？

不是吃的吃

電視節目中講吃的節目愈來愈多了，每週不會少過十個，香港人真的這麼愛吃嗎？

說到這個「吃」字，除了原始意義：把食物放進嘴裏，經咀嚼然後吞嚥的動作，如吃飯、吃麵、吃粥、吃菜、吃肉、吃魚、吃素（吃的東西，唯一不用咀嚼的是奶），還有吃飽（吃的感覺），吃相（吃的姿態），吃貨（吃的角色）。也有不是吃的吃（不用咀嚼），如吃煙（其實是吸煙）、吃茶、吃酒、吃藥（其實是喝茶、喝酒、服藥）。

更有連物質也不是的，如因妒忌而「吃醋」，並沒有真的醋，卻有酸的感覺。

因害怕而「吃驚」，甚至「大吃一驚」。

「吃苦」，天將降大任於斯人也的種種。別逃避，「吃得苦中苦，方為人上人」。

「吃虧」，粵語之「蝕底」，也有安慰語：「吃虧在前，享福在後。」

「吃力」，入不敷支、獨木難支也。「靠山吃山，靠水吃水」，憑的是賴以生存的某種技藝和背景。

「吃鱉」或「吃癟」，遇到挫折，吃了悶虧。

「吃香」，是受歡迎，得擁戴。

「吃官司」，被人告，麻煩多多，訟費使你「吃不消」。

「吃不消」的「吃」是承受。

「吃得開」是有地位，有影響力。可悲的是當今某些吃得開的人物，卻使人吃不消。

「吃」的較特別用法有「口吃」，鄧艾的「期期艾艾」，現代傳人西瓜刨藉此建立特色。

「吃吃」是象聲詞，《趙飛燕外傳》:「帝昏夜擁昭儀，居九成帳，笑吃吃不絕。」

再說吃之中最重要的「吃飯」，已超越本身意義。「他是吃這行飯的」，三百六十行，行行都是飯。

老陳和陳老

老陳和陳老，你可看到其間分別？

我二十來歲已經有人叫我「老朱」，是因為我少年老成吧。這是一個隨便的同儕間的稱呼。但專用在男性之間，例如「老陳」、「老王」。同等的稱呼「小陳」、「小張」，卻可偶爾用在女性身上。

「陳老」不同，是對德高望重有相當年紀者的尊稱。

「老」字的基本意思是年紀大，如老公公、老婆婆、老伯、老婦……說起這個「老婦」，有記者報道車禍，說一位五十歲老婦在過馬路時被車撞倒。這段消息傷了許多女士的心，她們雖然「入伍」了，但還穿熱褲、吊帶背心，沒等人家「登陸」就稱之為「老婦」，定是那些乳臭未乾、滿臉暗瘡的白癡記者所為。不知道這世代無人認為「老」是好字眼，真的七老八十了，也要稱之為長者和耆英。年方五十，熟女而已。

「老」字也代表「老人」，「家有一老」，這老人是寶。「為老不尊」，這老頭子的行為未免失禮。

「老」是有年代了，數十年的陳釀是老酒，幾十載的夫妻是老伴，黑白相是老照片，黑膠碟上是老歌。令人信任的是老牌子、老字號，有段感情的是老街坊、老相好。

原來就如此的有「老脾氣」，你得就着點；「老毛病」至今未改，一生失敗因此。說到中年以上而有某種不良德性，「老謀深算」是「老狐狸」，不思改進、我行我素是「老油條」。

一出生便稱老的有老鼠、老虎、老鷹，幼年的牠們要在前面加一「小」字。

人類年輕即可稱老的有老師、老板、老公、老婆，還有姓老的一家子（老先生、老女士……）。

彌敦道・阿彌陀佛

九龍最大的街道彌敦道，最常聽到的佛號阿彌陀佛。這兩個「彌」字發音不同，前者是粵讀，音「尼」；後者是正讀，音「眉」(國音「迷」)。

這個「彌」字用途卻也不少。第一個解釋是「滿」：1. 疫情流行，全城「彌漫」緊張氣氛。2. 朋友的兒子「彌月」之喜，大家都送禮賀他。(「彌月」，孩子出生滿一月，又稱「滿月」。) 3. 他不聽忠告，終於闖下「彌天大禍」。

第二個解釋是「更加」：1. 政府對這項質詢作出許多解釋，可是大多數人認為「欲蓋彌彰」。(想隱瞞，結果暴露更多問題。) 2. 顏淵讚歎孔子：「仰之彌高，鑽之彌堅。」(老師的學問愈仰望愈覺得高深，愈鑽研愈覺得堅實。)

第三個解釋是「填塞、補充、封閉」：1. 他犯的過錯影響深遠，很難「彌補」了。2. 他的謊言已被揭發，難以「彌縫」了。

第四個解釋是「盡」的意思：他病情嚴重，已在「彌留」狀態。(生命走到盡頭了，留着只差一步。)

第五個解釋是宗教名詞的譯音，如沙彌、彌勒、阿彌陀佛、彌撒。

第六個解釋是姓氏，最出名的是春秋時期衞國的彌子瑕。

小丑和小醜

「丑」和「醜」有時可互通，有時不可。但簡體字將「醜」簡化為「丑」，讀簡體字長大的只知「丑」而不知「醜」矣。

在使用繁體字的地區，還是要懂得使用有些詞語時，「丑」、「醜」不能互通。

一定要用「丑」的有「丑時」，「丑年出生肖牛」，還有「丑表功」（戲曲劇目）、「馬戲班小丑」、「丑角」。

一定要 用「醜」的有「醜化」、「醜詆」、「醜惡」、「醜名」、「醜行」、「醜業」、「醜類」、「醜態百出」。

也有同一個字配「丑」或「醜」，但兩者意思不同：

小丑——馬戲班引人發笑的角色。

小醜——成語「跳梁小醜」，指猖狂搗亂而成不了氣候的人，見《莊子‧逍遙遊》。

文丑——戲劇中丑角一種，與「武丑」相對。如《蔣幹盜書》中之蔣幹。

文醜——《三國演義》中袁紹麾下大將，被關羽所殺。

民間諺語中有不少「醜」字：

醜人多作怪——樣子生得醜的人，往往在打扮或行動上有標奇立異的表現。

家醜不出外傳——家中（或組織、社團裏的）的不榮譽事情自己內部解決好了，不要讓外人知道。

醜媳婦終須見公婆——自覺難以面對，但迴避不是辦法，還是要硬着頭皮去相見。

說到「醜媳婦」，蘇東坡寫過兩首詩，抄一首給大家看：

薄薄酒，勝茶湯；

粗粗布，勝無裳；

醜妻惡妾勝空房。

五更待漏靴滿霜，

不如三伏日高睡足北窗涼。

珠襦玉柙萬人相送歸北邙，

不如懸鶉百結獨坐負朝陽。

生前富貴，死後文章，

百年瞬息萬世忙。

夷齊盜跖俱亡羊，

不如眼前一醉是非憂樂都兩忘。

蘇老看破了，你呢？

真謝和假謝

「王」和「謝」是兩晉、南北朝時代的大姓，今天談「謝」。從東晉丞相謝安開始，謝氏歷代能人輩出。淝水之戰，謝安在後面指揮，侄兒謝玄在前線作戰，結果大勝苻堅。謝安權傾朝野，且文采風流，深得國人景仰。侄女謝道韞是才女的代表。元稹悼亡詩《遣悲懷》：「謝公最小偏憐女」，把妻子比作謝道韞，其實他妻子名韋叢，父親是韋夏卿，可見謝家得人仰慕如此。詩人謝靈運，是謝玄之孫，又名謝康樂。大詩人李白對他十分佩服，有詩句云：「吾人詠歌，獨慚康樂。」李白之《登宣州謝朓樓餞別校書叔雲》：「中間小謝又清發。」謝朓是謝靈運之侄，世稱靈運為大謝，謝朓為小謝。現代謝姓作家最知名為謝婉瑩（冰心），另一名字相近的謝冰瑩，著作也不少，最為人知的是《女兵自傳》。

「謝」字用得最多是表示感激，我們最常用的口頭語。多謝！謝謝！不絕於口，不絕於耳。收人禮物，獲人祝福，得人幫助，都要說謝。舞台表演後要「謝幕」，選舉獲勝或敗陣都要「謝票」。向羣體公開致謝謂之鳴謝，皇帝對臣子賞罰都要「謝恩」。

其實見「謝」字不一定懷有好意，「謝絕參觀」是請你吃閉門羹；「敬謝不敏」是「咪搞我！」好聽點是「婉謝」、「謙謝」，實質上都是 say no！

《青春舞曲》(1939 年，朱逢博主唱)：「花兒謝了明年還是一樣的開」，可歎的是「我的青春小鳥一樣不回來」！可是「花謝花飛花滿天」，在《紅樓夢》中，林黛玉的《葬花吟》哭的是人和花最後的同一命運：「謝世」。老天爺，萬物都被您「玩謝」了！

怎樣是嫵媚

朋友問中文：什麼是嫵媚？

發現不易答，字典上只是說「姿態美好可愛」，怎樣美好？如何可愛？沒有描述。綜合許多小說中描寫的人物，大家心目中可能對「嫵媚」有一個籠統的概念，但又很難具體描畫出來。

首先要有一個認識：嫵媚並不單指女性。《新唐書・魏徵傳》記載唐太宗大笑曰：「人言徵舉動疏慢，我但見其嫵媚耳。」而魏徵卻是個大男人。更甚者，不少人說莽張飛粗獷中帶有嫵媚，出色的京劇演員才能把這種嫵媚表現出來。又南宋詞人辛棄疾說「我見青山多嫵媚，料青山見我應如是。」則青山和男性詞人都可以嫵媚。王羲之的書法老師衛夫人，她的字也有嫵媚之稱。

如此看來，嫵媚是美的一種，女性不是豔麗，不是嬌媚，不是妖冶；男性不可娘娘腔、脂粉味。這樣的女性在庸脂俗粉中特見出色，這樣的男性在紈絝子弟中最是難尋。

中國四大美人中西施掛頭牌，那麼她太完美了。連發病的時候也動人，的確是傾國傾城的尤物。楊玉環回眸一笑百媚生，六宮粉黛無顏色，美得霸氣。嫵媚的美比較易於親近，女子而嫵媚有一種廣披的吸引力，最膽小的男性也覺得可以與之接近。四大美人中的另外兩位，倒是有具備嫵媚特質的可能。王昭君不賣畫師的賬，不肯賄賂他，極有個性。在胡地多年仍然活得有尊嚴，我彷彿看到她逆境中的倔強，那就是一種嫵媚。貂蟬在兩個狼虎般的暴戾男人前演出自然，美得冷靜鎮定，她的迷人力量可能就是那份嫵媚。嫵媚女子即或不及豔麗的女子美，但她的吸引力卻往往勝之。

連讀的字

近日台灣和大陸的年輕人，在網上流行一種「連讀」的網絡語，使局外人莫名其妙。如「女票」是「女朋友」，「男票」是「男朋友」，「朋友」二字連讀，則變成「票」。

還有「醬」是「這樣」的連讀，「醬子」就是「這樣子」。「宣」是「喜歡」，「造」是「知道」，「表」是「不要」。

我絕非老古董，但我對這種花樣並不欣賞。一種小聰明，其實笨拙，因為會引起誤解。

連讀絕不是新東西，古人早有嘗試。最常用的是把「之於」連讀成「諸」，於是我們有「付諸行動」、「失諸交臂」、「置諸死地而後生」、「投諸渤海之尾」（見於《愚公移山》）。

還有把「不可」連讀成「叵」，讀作「頗」，而且是把「可」字反寫成為「叵」字，比現代的網友更有創造性。成語有「居心叵測」、「心懷叵測」。

又有一個北方人常用的「甭」，是「不用」的連讀、連寫。據說粵語中代表「沒有」的「冇」正是「沒有」的連讀，在「有」中抽掉兩橫，會意成「沒有」，很聰明。

英文也有連讀，下一字用母音開頭，常與前一字的尾音連接，如 Take it easy 讀作 Takit easy。自有規律，不是亂來。

人對鬼

人與鬼，在不同層面相對。正是人鬼殊途。

第一層：活着是人，死去為鬼。有女鬼、厲鬼、冤鬼、吊死鬼……進了鬼門關，便是鬼的國度，稱為陰間。流落在外的鬼還會作祟，使鬼氣森森的房子鬧鬼，成為鬼屋。

第二層：好人是人，壞人是鬼。有鴉片鬼、酒鬼、賭鬼、鹹濕鬼，壞鬼書生，人有壞意圖是鬼主意，有壞事隱藏是心中有鬼。表現不光明正大是鬼鬼祟祟，鬼頭鬼腦。交出來的東西不成樣子是鬼五馬六。

第三層：華人是人，西人是鬼。有鬼佬、鬼婆、鬼妹、鬼仔，因不同國籍而有某國鬼之分。除日本外，亞裔不被稱鬼，如印度人、韓國人。侵略中國的日本兵被稱「鬼子」是一種仇視，不像稱西人為鬼並無惡意。至於以膚色分「紅毛」、「黑」，難免被稱種族歧視。

第四層：普通是凡品，超卓是鬼。這是鬼的正面詞。精巧非凡的雕削，被稱鬼斧神工，才智非凡被譽為鬼才，滑稽多智是鬼馬，新穎有趣是蠱鬼。

第五層：鬼字作加強語氣用，「好鬼」即「很」，好鬼叻、好鬼蠢、好鬼靚、好鬼醜樣、好鬼高竇、好鬼相與，好壞不論，正反都得。

第六層：混用在諺語中，難以分類：鬼拍後尾枕（不打自招）、鬼打鬼、人細鬼大、牛鬼蛇神、有錢使得鬼推磨、人不像人，鬼不像鬼、神出鬼沒、敬鬼神而遠之。

阿濃活到這樣一把年紀，果真是「訪舊半為鬼」，卻未活見鬼。我說過，我如見鬼，不但不怕，還大欣喜，說明死後另有一個世界也。

文言仍用得到

當我們需要寫點東西時，會發覺「文言」仍用得到。原來在全文言和純白話之間，還有一種文白夾雜的文字。別以為這是一個缺點，相反，還可能是優點，因為有它的需要。

這種文體最常見於信札之中，尤其是寫給長輩或有文化的人，信中既可有的、了、呢、嗎，同時也可以有之、乎、者、也。文章反而顯得既有學養，又不迂腐，有一種不拘一格的生動活潑趣味。更灑脱的甚至插進一兩句粵語。

譬如近日天氣轉涼，你寫電郵給老朋友可以說：「寒流南下，感冒猖獗，望我兄善自珍攝。急症室已經爆棚，你可不要去趁熱鬧。大意的結果，冇人可憐的呀！」這種「三及第」文體，輕鬆自然，絕不討厭。

至於出通告，寫小啟，填曲詞，撰新聞稿，也需要或多或少的「文」味，想寫得自然流暢，還真需要一點修養。某女作家數十年寫的是白話文，有一次論及一古典文學問題，她寫的仍是白話文，這當然可以。但想不到她把文中的「我」字全寫成「余」，難道她以為這就是文言了？

要寫像樣的文言，唯一辦法是找經典古文五十篇，讀它十遍八遍，有悟性的話，庶幾近矣。

蒲公英為什麼叫 Dandelion？

圖書館放出一批廉價書，硬皮精裝的，每本售一元，我買了一本 *Why do we say it ?* 。講述的是一些詞語的來源。隨手翻翻頗有趣，試舉其中一些。

Black Sheep（黑羊）：解作敗家子，害羣之馬，一班人中無價值的那個。因為黑羊毛無法染色，羊毛賣不到好價錢，但飼料所需一樣，照顧所花人力物力一樣，所以不受歡迎。

Break the Ice（破冰）：解除困境。捕鯨船往北極作業，航道往往為堅冰所封，要派出破冰船解困。借用此語，解作打破僵局，繼續前行。

Crocodile Tears（鱷魚的眼淚）：假慈悲。據説鱷魚吞食牠的獵物時會流眼淚，牠是同情被牠吞吃的那些不幸者嗎？不！只是當牠口中塞滿食物時，壓住口的上部，使眼淚從淚腺中釋放出來。

Dandelion（蒲公英）：如今正是蒲公英盛開季節。它的葉子是鋸齒形，有點像獅子的牙。法文是 dent de lion，等於英文 tooth of the lion。

Eye of a Needle（針孔）：有一句表示困難的話：「比駱駝穿針孔還難。」其中一種說法是，耶路撒冷的城牆上有一狹窄的閘門，供行人通過。此閘門被稱為「針眼」。一隻小駱駝想穿過此閘，要先跪下，辛苦奮鬥一番，因此說「比駱駝穿針孔還難。」

Kangaroo（袋鼠）：航海家 Captain James Cook「發現」澳洲時，見到一種前所未見的動物，便問當地土人，這動物叫什麼名字，土人說：Kangaroo。從此這動物就叫 Kangaroo。可是那土人說的或許真是這動物名字，也有可能他只是用土話說：I don't know。

從「母」字說起

「母」這個字很淺，但要學通它，絕不容易。

「母」的基本意思當然是母親，母愛、母性、父母、母子、母女中的「母」都屬此類，沒有血緣關係的則有後母、繼母、代母、養母……

「母」又用來表示雌性，母雞、母豬、母牛、母羊……

「母」代表原始，出生後使用的語言是母語，在那裏受基本教育的是母校，祖先的屬土是母國。

與「母親」匹配的是「父親」，因此「父母」常連用：父母在，不遠遊，遊必有方；天下父母心；天下無不是的父母。

母的同義詞是「媽」，「母」的白話文。「世上只有媽媽好」，唱遍天下。除親媽外，又有無血緣的乾媽，受僱的奶媽、老媽子，媽（讀馬）姐。男人可納妾的年代，子女可能有大媽、二媽、三媽，如今貶義地稱中國內地中年以上婦女為大媽，但她們的能幹豈容小覷。

母的另一同義詞是「娘」，或寫作「孃」。有親娘、晚娘、乾娘，古裝片中兒女稱媽為娘親。《木蘭辭》中「不聞爺孃喚女聲」，杜甫《兵車行》中「爺孃妻子走相送」，爺孃都指父母。但「娘娘」卻是尊貴稱號，如「皇后娘娘」、「觀音娘娘」、「天后娘娘」。不過男子說話女性化，會被貶稱「娘娘腔」。而「娘子」既是丈夫稱妻，也是對女性尊稱，女性組成的隊伍是「娘子軍」。「娘」字轉讀高平，粵語形容穿着打扮鄉氣：「她穿衣沒品味，一身娘氣。」

唉，你說中文如此變化多端，難不難學？

閣閣閣

取名是一種學問，除有好的含義外，還要讀來好聽，寫來好看，最好帶點幽默感，使人一見或一聽難忘。

我曾與作家葉特生共寫一專欄，因為我的本名也有一個「生」字，我定欄名為「生生不息」，與內容亦符合，自覺取得好。

我見過有趣的理髮店名：「執髮者」、「胡絲亂想」、「最高髮院」、「根根計較」、「大髮師」。

我欣賞的素食店名字是「菜根香」。

最難取的店名應是棺材店，不知是誰開始名之為「長生店」，前面再加一個名字，例如「福壽」，都是好字眼。

明代馮夢龍的《古今譚概》有一則取名的故事，頗有趣。

山西蕭大山，叫家中的大堂為「堂堂堂」，亭子為「亭亭亭」，軒居為「軒軒軒」。「堂堂」是巨大高顯、莊嚴大方的意思。「亭亭」是聳立高遠、孤峻高潔的意思。「軒軒」是儀態軒昂、志得意滿的樣子。

一位叫陳越的朋友來探望他，蕭大山帶他參觀各處，對自己取的名字表現沾沾自喜。後來他們來到一個洞邊，陳越忍不住說：「是不是叫『洞洞洞』？」蕭大山以為是譏笑他，有點不高興。其實「洞洞」也是有意思的，解作恭敬虔誠的樣子。

我想：如果我家有閣子，也會定名為「閣閣閣」。《詩經》上有：「約之閣閣」，堅牢的樣子。「閣閣」又是蛙聲，在閣旁築一池塘，夏夜聽蛙聲閣閣，此起彼伏，是雅趣也是野趣。

測字

張先生不止一次談及他測字的故事，信不信由你，他自己是深信不疑的。

那天他心情不佳，踽踽獨行，路經油麻地榕樹頭，一測字檔的清瘦漢子招呼他說：「先生面有憂色，何不坐下談談？」

張先生反正無聊，依言坐下。在一堆字卷中隨手拿了一個，打開卻是個「卯」字。

測字先生問所測何事？張先生說問家庭和自身。心想：「以卵擊石」、「危如纍卵」都不是好事。

測字先生沉吟片刻，微笑對張先生說：「近日可是跟尊夫人有點小小爭吵，搞到互不理睬？」

張先生點點頭。

「先生的健康本來不差，」測字先生繼續説：「不過近日腰背出了點小毛病，是不是？」

張先生想不到這人測字如此準確，但似乎跟「卯」字無甚關連，便問道：「不知先生從何得知？」

測字先生用毛筆在玻璃上先寫個「卯」字，再寫個「門」字。跟着説：「『門』字如兩人相對，夫妻和洽之象。『門』字左右互易，即成『卯』字，如兩人相背，所謂貼錯門神是也。因此猜先生與夫人有小小不和。當此寒冷天氣，二人相背而眠，中間出現罅隙，寒風入侵，腰背受冷，自然不妥，此乃推想得知。加上方才見先生行動時腰背強直，我的推測雖不中亦不遠矣！」

張先生對他的分析寫個服字，心想做測字先生除了懂得見機而作，還要人生經驗豐富，聯想力強。隨口問：「可有補救方法？」測字先生說：「買打蛋糕返去氹老婆啦。」

從抖音到抖擻

本文面世時，抖音（Tik Tok）在美國的命運應該已見分曉，Tik Tok 如不能在美國運作，大批 Tik Tok 迷將大感懊惱。

我們今天就談這個「抖」字，它有五種用法。請想一想，你知道的有幾種？

第一個是身體顫動，原因是害怕或寒冷。而寒冷由於天氣或疾病。像瘧疾、尿道炎都可冷得發抖。

第二個是振動，《西遊記》第十二回：「長老遂將袈裟抖開，披在身上。」

第三個是全無保留的說出或揭穿。例：因良心不安，他抖出全部真相。

第四個是一個人自有錢有地位後，就表現得不可一世，例：他靠幸運發跡，居然成為當地名流，財大氣粗，抖起來了。

第五個是「抖擻」，奮發的意思：精神抖擻，抖擻精神。這是「抖」字組合中最有意思的一個詞，香港大專院校和教育界人士曾共同出版過一份有影響力的學術性刊物，名為《抖擻》。清代詩人龔自珍，在他最有名的《己亥雜詩》三百一十五首中，最多人引用的是這一首：

九州生氣恃風雷，萬馬齊喑究可哀。
我勸天公重抖擻，不拘一格降人材。

己亥是 1839 年，鴉片戰爭（1840 年）前夕，九州等待大變，但社會一片沉寂，令人感覺悲哀。詩人希望上天抖擻精神，為國家誕生各類優秀傑出的人材。

楊柳小蠻腰

偶經商場，見二女子穿得頗密實，獨留腰部裸出，真的是纖腰一搦，十分迷人。

女子以身體顯露美態，一般鬥大鬥長，獨腰部鬥細。而這細可不是輕易獲得的。

中文詞語中形容細腰的有好幾個，想不到卻有兩個出自男士的腰。杜牧詩：楚腰纖細掌中輕。詩中「楚腰」形容舞伎的腰，但出典來自《戰國策》，說楚靈王喜歡細腰，使得臣子們過度節食，站都站不穩，須「凭而能立」，坐在那裏要扶着什麼才能起身，「式而能起」。而李後主詞：「一旦歸為臣虜，沈腰潘鬢消磨。」這沈腰來自南朝沈約，也是大男人。他因病消瘦，在給友人的信中，說他的皮帶要不斷移孔。

腰肢之美，不但要細，還要柔軟，與楊柳姿態相彷彿，所謂「柳腰」。元朝的張可久有曲：杏臉香銷玉妝台，柳腰寬褪羅裙帶。

白居易也用楊柳比喻細軟的纖腰：「櫻桃樊素口，楊柳小蠻腰。」樊素是他的姬人，小蠻是他的伎人。因此我們又多了一個形容詞：蠻腰。

這吸引人的柳腰、蠻腰、細腰、纖腰都不是容易獲致的，因為牽涉遺傳、飲食、年齡、生活習慣等多種因素，那經得起誘惑、捱得起饑餓的艱苦節食，汗流浹背的運動，都要長期有恆地進行。

為了她們帶給我視覺的享受，我要向她們致敬。

香肩、鐵肩

如今女士流行露肩，從露一肩到兩肩，圓圓的兩個香肩，流露適當的性感。

肩的主要工作是負荷，負的東西有物質有抽象。

負物質的東西只能拿低收入，如「肩夫」，包括挑夫、轎夫。負抽象的東西可以位高權重，因為他們肩負國家重任。

物質的東西如轎，又稱「肩輿」。用肩膊去抬的從兩人到八人。肩負國家重任，肩要夠硬，不畏權貴和奸吝，比喻為「鐵肩」。明季忠臣楊繼盛，敢於彈劾大奸臣嚴嵩，結果遇害。他自詡為「鐵肩擔道義，辣手著文章。」的確當得起。為國事辛苦多年，終於卸任，謂之「息肩」，日本首相安倍，宣告息肩，又可稱為息下「仔肩」，這詞語來自《詩經》。

那些軟骨頭只知拍馬屁的小人，孟子形容他們的醜態是「脅肩諂笑」，形容生動。他們聳着肩膊，彎腰曲背，堆着一臉討好笑容的樣子，正是如此。

中國人本來沒有西方傳來的聳肩動作，卻已在許多國人身上出現，縮縮膊，攤攤手，表示無可奈何。

「肩」也代表距離，「比肩」是聲望地位接近，能與強者比肩，值得慶賀。「並肩」是拍住一齊上，兄弟、好友、同志自應並肩作戰。人車雜沓，擠在一塊，肩膀碰肩膀，車軸撞車軸，謂之「肩摩轂擊」。在此疫情期間，未能保持距離，不應出現。

除露肩美女外，最受注意的是紀律部隊人員的肩膊，制服上的「肩章」，是地位的標誌。顏色、槓數、花紋，(例：紅膊頭、三劃、三粒花）決定誰要聽誰的。

「紅」這種顏色

中國人對紅色有普遍的喜愛，除了覺得它美，還寓意吉祥。

如果不美怎會搽胭脂、抹口紅？怎會在景區大紅燈籠高高掛？

如果不代表吉祥，怎會春聯、壓歲錢、爆竹都是一片紅？迷信的賭徒新春要穿上紅內褲，討個贏錢的吉利。

《白毛女》中的楊白勞，窮得要在大年夜躲債。他也要為女兒買根紅頭繩，一為裝飾，二為吉祥。

從前買不起化妝品的農村，只能用張紅紙來染唇，用鳳仙花來染指甲。

紅也代表興盛、暢旺。例如紅歌星、影視紅星、政壇紅人。形容這狀況是「紅到發紫」、「紅透半邊天」。近日興起的新社會角色「網紅」，指在網上走紅的人。以「紅」代「人」還想不到第二個，因為沒有「政紅」、「歌紅」、「影紅」。

以「紅」代花最為常見，所代不一定要紅色的花。如「亂紅飛過鞦韆去」(歐陽修)、「滿地殘紅宮錦污」(王安國)、「恨西園，落紅難綴」(蘇軾)、「飛紅萬點愁如海」(秦觀)、「恐斷紅、尚有相思字」(周邦彥)。被引用得最多的是「落紅不是無情物，化作春泥更護花」(龔自珍)。這裏亂紅、殘紅、落紅、飛紅、斷紅都是花。

「紅」字代表女性亦屬常見，「紅顏知己」、「紅顏薄命」、「紅袖添香」、「偎紅倚翠」、「紅杏出牆」、「紅粉佳人」均屬女性專用。

「紅」字代表的意思仍多，「豬紅」是血，「花紅」是金錢，「紅線」是警戒線，「紅塵」指人間。「紅」已專屬一個政黨，在甲地要紅，在乙地害人手段之一是把他「抹紅」。

說囊

「囊」這個字應屬文言詞語，想不到竟仍在現代生活中使用，並沒有被白話的「袋」完全取代。像現代男女使用的「背囊」，政府領導層招攬的「智囊」。

「智囊」一詞見《資治通鑑》，漢朝的鼂錯，深得漢文帝欣賞，拜為太子家令，讓太子學習治國之道。鼂錯能言善辯，很會分析問題。太子劉啟對他十分喜愛和信任，稱他為智囊。現代社會政治、經濟、軍事都十分複雜，一個智囊不足應付，需要一個智囊團，即英文的think-tank。

因所載物件不同而有不同名稱的囊。醫生裝藥和用品的是藥囊，荊軻刺秦王，衞士不得上廷救援，御醫夏無且以藥囊拋擲荊軻，破壞了刺秦大計。

有詩鬼之稱的李賀，年紀小小就有詩才，每天騎一隻瘦馬，帶一個書僮，一有詩句便記下投入他的詩囊中。晚上回家，母親檢查囊中，見寫了很多，就生氣道：「這孩子想把心都要嘔出來耶！」

《三國演義》周瑜想討回荊州，設計說要把孫權的妹妹嫁劉備，劉備知不懷好意，不知如何應付。諸葛亮給陪同前往的趙雲三個錦囊，依時打開。結果周瑜「賠了夫人又折兵」。

《紅樓夢》第七十三回：「癡丫頭誤拾繡春囊」，這繡春囊是一個被稱為傻大姐的在花園假山石後拾到，書中的描寫是「一個五彩繡香囊，上面繡的並非花鳥等物，一面卻是兩個人，赤條條的相抱。」這玩意兒引起軒然大波，作了後來抄檢大觀園的預演。

一個人最怕成為「酒囊飯袋」，要成為身處囊中必能顯露頭角的尖錐。

「無厘頭」最佳闡釋

「無厘頭」三字曾風行一時，代表作品是周星馳的電影。雖然我一直覺得無聊，中國大陸的大學生們卻捧為上乘喜劇，認為裏面蘊藏高深智慧。依我估計這評價也出周星馳意料之外。

讀以《馬橋詞典》出名的大陸作家韓少功的《暗示》，其中有一篇談「無厘頭」，替這三個字做了最佳闡釋。他說周星馳的《逃學威龍》、《審死官》、《唐伯虎點秋香》、《大話西遊》等成了無厘頭影視的代表：

及時行樂，肆意狂歡，胡塗亂抹，張冠李戴，隨心所欲，亂力怪神，看了就笑，笑了就忘，基本上都是無深度和無中心的視聽快餐。

在這裏，神聖和庸俗都是搞笑，痛苦和歡樂都是搞笑，成功和失敗都是搞笑，深刻和膚淺都是搞笑……所有的感受就是一種感受，都是沒正經的感受……到後來，連笑也沒法搞了，笑變成了瘋，只剩下瘋。

無厘頭電影屢破票房紀錄，説明有許多觀眾需要這樣的娛樂，自由社會各取所需。不過我會問自己：

我需不需要這樣的娛樂？花兩個小時看人家無聊地發瘋？這樣的人力物力花費在不知所云的製作上是否環保？

會不會是人生要求活得有意義，給人很大的壓力，覺得總是事與願違的來個反動？

會不會覺得人生就是無聊就是可笑，認真來做什麼？

不過我發現當有人無理取鬧時，回他一句無厘頭的話，讓他摸不着頭腦，倒是挺有效的。

三・能言善道

孔子說：以直報怨

有人對孔子說：「拿恩惠來回答仇怨，您認為怎麼樣？」好一個孔子，他的回答真有智慧，他說：「那我們用什麼來報答恩惠呢？我們應該以公平正直來回答仇怨，拿恩惠來酬答恩惠。」

我欣賞孔子的回答，一因為他的公平性。如果好人、壞人一律看待，你還有原則嗎？一個愛護你、照顧你，把你視若兄弟；一個用人肉炸彈炸你，綁架你然後斬首；你竟對他們一視同仁，你的腦子一定出了問題。

二因他看事物的透徹。他知道有種人惡性難移。就像寓言《農夫與蛇》中的蛇，農夫給凍僵了的牠以溫暖，牠甦醒後反而咬了他一口。還有另一則《蠍子過河》的故事，說的是同樣的道理。蠍子請青蛙（或烏龜）馱牠過河，蠍子雖然明知螫了青蛙會同時浸死，牠還是下了致命一螫。因為牠本性如此。

三因孔子知道怎樣對待惡人才有效，那就是既公平又正直，依據法律，懲罰他們違法的行為，絕不姑息養奸，終成大患。犧牲了廣大民眾的利益，成就你包容寬恕的虛名，你其實是從犯。

世間多的是糊塗蟲，說什麼冤冤相報何時了，說什麼冤家宜解不宜結，事實證明單方面的退讓只會使對方得寸進尺。對一切惡行堅決企硬，寸步不讓，才是智慧老人孔子的好學生。

孔子沒有的四種毛病

《論語・子罕篇》:「子絕四,毋意,毋必,毋固,毋我。」意思是孔子沒有這四種毛病,他不憑空揣測,他不絕對肯定,他不固執己見,他不唯我獨是。

我想,這不正是我們寫議論文章應守的四項原則嗎?

世間發生的事,有千百種可能性,在真相完全顯露之前,隨意猜測,往往離事實甚遠,但不幸已傷害了你批評的對象,也影響了自己的聲譽。在對一件事情弄清楚之前,要多方求證,最忌憑個人喜惡肆意謾罵,到發現罵錯時又若無其事,從來不知道道歉。如今謠言的傳播容易多了,互聯網上的假消息往往多過真消息,如果你身為評論者卻又偏聽偏信,那簡直是太可惡了。

一個在評論界有地位的人,一個有經驗有眼光有判斷力的人,一個經常論斷正確的人,偏就容易犯了絕對肯定的毛病。時勢不斷變化，變化的速度愈來愈快。人類行為的模式愈來愈超乎常軌，坐在房間裏寫文章，隨時跟不上、猜錯了。從前的魔鬼會假裝天使，如今的魔鬼怕你不知道他是魔鬼。這只是其中一個變化。

任何固執己見獨行其是的評論者，只會變得愈來愈偏頗，愈來愈不公正，讀者遲早將他定性為某種顏色的發言人，其權威性要大大打一個折扣。

孟子論外語學習

先抄一段《孟子》，在《滕文公章句下》：

孟子謂戴不勝曰：「……有楚大夫於此，欲其子之齊語也，則使齊人傅諸？使楚人傅諸？」

（戴不勝）曰：「使齊人傅之。」

（孟子）曰：「一齊人傅之，眾楚人咻之，雖日撻而求其齊也，不可得矣；引而置之莊嶽之間數年，雖日撻而求其楚，亦不可得矣。」

這段話的大意是孟子對宋國一官員叫戴不勝的説，有一個楚國大夫想兒子學齊國話，你認為他應該找齊國老師還是楚國老師呢？戴不勝説：當然是齊國老師。（所以現在香港的學校也請母語是英語的老師教英語嘛。）

孟子説，如果孩子身在楚國，一個齊國老師教他，卻有許多楚國朋友打擾他，即使你天天用戒尺打他，也教不曉他講齊國話。但是把這孩子送到齊國熱鬧的京城地方去，住上幾年，就算你天天用戒尺打他，想他講楚國話也不會說了。

學習語言需要一個語言環境，原來戰國時代的孟子就知道了。早年的華人移民，怕孩子去到英語國家英語不夠好，未去之前要求他們在家也講英語。後來才知道這擔心是多餘的，孩子在外地上學後很快便滿嘴英語。倒是中文反而不會講了。後來當大家發覺中文愈來愈有用時，有些家長反而要在家裏保持一個華語環境，讓孩子也懂華語。

訪談節目害怕兩種人

電視電台都有訪談節目，作為主持最怕遇見兩種人。

一種是「沉默是金」者，這種人根本不應該上來接受訪問，他自己也不情願擔任這個角色。只是他可能代表某個社團、某個活動上來協助推廣工作，他推不掉，也責無旁貸，只好勉為其難、硬着頭皮來應付此苦差。

他的個性已是沉默寡言，在鏡頭前更是緊張萬分。對主持的訪問他多數時間是答「是」或「不是」，再無解釋，也不補充。主持本來期望他問一句你答四五句，誰知你只答一個字就閉嘴了，使他的準備落了空，時間剩下許多，不知如何搪塞，要臨時想一些不着邊際的問題來引發你的廢話，當對方連廢話也欠奉時，局面就僵得很。

這樣的訪問對受訪者的影響其實最小，節目沉悶影響了收視和收聽率，也影響了主持人的表現，更有「後患」。

另一種人剛剛相反，只要主持一句話打開他的話匣子，就如長江大河滔滔不絕。主持問的他固然答了，主持想問未問的他先說了，主持不準備問的他也自說自話。主持想插嘴無隙可尋，主持想攔截，他一句話就輕輕走位帶過。主持本有一套訪問計劃，結果卻是依被訪者的腳本演出。

節目輕易完成，播出時主持形同虛設，可有可無，這對主持來說是一種打擊，他的準備工作，他的引導技巧，他的語言機智，他的幽默風趣都無從表現，無法不感到挫折。

這兩種人都應列入黑名單，再無下次。

說話的藝術

電視訪問一位到此不久的女藝術家，主持問她對溫哥華的印象，識趣的她當然說好。主持再問，溫哥華經常下雨，你不討厭嗎？你猜她怎麼答？她說：「所以溫哥華特別潤。」我鼓掌了，不說「濕」而說「潤」，不止是技巧，而是上升到藝術層次了。

女朋友的媽媽穿得很土，大紅大綠、大花大朵的，女朋友問男友感覺如何？男友說：「鄉土味濃，十分應節。」「土」字上加一「鄉」字，感覺就不同，會說。

女友難得下廚，這次有本事連菜都炒燶。女友不好意思的說：「是不是很難吃？」男友邊吃邊點頭作欣賞狀：「唔，好香！一點不難吃，是『難得吃』！」

某地華人社會活動的普遍現象：台上有台上講，台下有台下繼續聊天，這使講者感到十分沒趣。一位有經驗的講者，在拿着咪開始講話的比較安靜的那一分鐘立即說：「聽說在座是本地最高水平的聽眾，瞧，大家多安靜！我知道我的講話會引起不同意見，我講完後會邀請大家上台來發表。」既然被讚譽為最高水平聽眾，又怕被邀請上台，大部分的聽眾都會乖乖的聽演講了。

偶然看到鳳凰衛視那輯《島嶼寫作》訪問詩人瘂弦，他分享晚年的心情複雜，曾向女兒慨歎自己在人生和文學方面都失敗，作為他的崇拜者，我當然覺得是過謙之詞。但他女兒真會說：「沒有什麼比一個失敗的人生，更像一首詩的。」詩的人生，難道不是最美的人生？詩人一定感到無比的寬慰，才將之轉述，並成為整個訪問的終結。

一些不妥當的詞

有些詞我們用慣了就不覺得是有問題的，但一發覺，我覺得能改則改。

譬如說「後母」、「晚娘」本是個中性詞，但民間故事中有太多惡後母的故事，形象滲入語文中，就成為負面詞。其中如用「晚娘面孔」來比喻刻薄、兇惡的臉色，這對千千萬萬的晚娘其實不公道。我所見一些後母對前妻所生子女何止一視同仁，甚至比對親生的還要好。

又譬如父親對擦破了皮而啼哭的兒子說：「男子漢大丈夫，受了一點點傷哭什麼？」這是不是灌輸男性要比女性堅強的錯誤觀念呢？如果他的姐姐或妹妹聽了，是不是要接受男強女弱的看法呢？

其他如「有子萬事足」、「男兒當自強」等也帶有歧視女性的意味，能不說還是別說。

有一個詞我覺得不對但是很難改正的了，就是「好天」。「好天」指的是晴天，那就是說「雨天」、「陰天」不好了。如果好久不下雨，下雨天才真正是好天。如果去遠足，大太陽和下雨都不及陰天好。所以我們要有一個正確的觀念，就是天天都是好天，只要我們好好的度過它。正確的說法應該把有太陽的日子叫「晴天」，與「陰天」、「雨天」並立。

說「廢話」之幸福

朋友來郵說不該跟我說了一番「廢話」，妨礙了我的工作。我說有時間說「廢話」也是一種幸福。

有時間說「廢話」，說明你不必為生活忙碌，要爭分奪秒搶商機，追進度。說明你沒有商業糾紛的麻煩，沒有入不敷支的煩惱。你的經濟收入穩定，日子過得悠遊。

有時間說「廢話」，說明你不必為政見爭拗（雖然那也是廢話），不必強詞奪理，淆亂黑白，說些自己也不相信的歪理。

有時間說「廢話」，說明你健康狀態良好，沒有喉嚨發炎、咳嗽、氣喘，不趕着去看醫生、煲藥。

有時間說「廢話」，說明你心情好，不在失戀、失業、失意狀態，心情不好，對來電來郵的人都反感。

當然還要為「廢話」下定義。

廢話是不為名利謀求的話，不會有股票貼士、投資策略，不會有揚名立萬的大計，一炮而紅的圖謀。

廢話是沒有請託，不借錢周轉，不為取得名校一個學位，不邀請你做什麼榮譽顧問。

廢話是有什麼好吃的、好玩的，大力推薦。廢話是說了一千遍的我愛你，用一千種方式再說。廢話是來世還要跟他／她在一起，難以實現但聽了心甜。

有些話不如不說

對於某些人，你本想對他說一番話，但考慮到說了之後的成效和後果，有些想說的話不如不說。

你發覺他最近顯得蒼老了不少，背有點駝，白頭髮多了……想到如果告訴他，又不會使他變得年輕，只會使他不開心，又何必講呢？

你發覺他性情愈來愈固執，既然固執就聽不進你的話，因此不如不說，等待一個適當時機，或許聽得進去。

你發覺他對你說謊，原因是怕你責備他。這是一個小謊，或許你對他的態度一向比較嚴，他才不敢對你說真話。如你拆穿他的謊話，他會更害怕你，不如不說。

他一見你就說恭維的話，而且誇大不實，目的是討好你，但你聽了很不舒服。你本想請他不要說，但好像有點不識好歹，罷了！

她最近相信了某個宗教，有初信的狂熱，譬如她什麼事都祈禱，傷風咳嗽祈禱，不見錢包也祈禱，跟男友吵架也祈禱，你想告訴她，別煩上帝了，祂老人家忙得很。心想，她會聽嗎？何必傷她。

他對政治和社會問題被某種偏見佔據腦海，對種種事實視若無睹，對不同的意見完全不能容忍。跟他講只會引起一場不愉快的爭論，免傷和氣，算了！

誰識講笑？

此間茶局飯局不少，席間如有人識講笑，氣氛會愉快很多。可惜識講笑的人是如此少。

識講笑的人會令席間大部分的人都識笑，少數人不識笑也成為笑料。這因他的取材適合席間諸人。

識講笑的人不會激怒席間任何人，某人或許稍有尷尬，但在可接受範圍內，他的估計會很準確。

他懂得自嘲，這是最安全的說笑。自嘲不包括席間自己的太太或丈夫，因為一樣會反面。也不包括自己的子女，他們也有自尊。

識講笑的人不觸及信仰、種族、性取向。政治是無法避免的題材，所以諷刺要溫和。在諷刺了甲黨之後，別忘順便諷刺政敵乙黨，這就可以雙方都接受。

識講笑的人記性好，在一班人面前講過的笑話不會重複講，免得人家笑也不是，不笑也不是。最安全的做法是隨時隨地取材，新鮮熱辣，必受歡迎。

識講笑的人，不講黃色笑話，雖然這方面材料豐富。因為席間可能有女士、長輩、小孩、宗教界人士。他們會覺得你品味低級。

識講笑的人不取笑老弱傷殘者，最怕是席間有老的、聾的（聽到部分）、胖的，家有弱智、弱能人士，聽了都會不愉快。

識講笑的要避免以後母、無兒女、離婚、失婚等為題材的笑話，座上有沒有這樣的人都不要講，別在傷口灑鹽。

說得正確

大眾傳媒兼負社會教育作用，因此要求內容正確。在技術層面要求讀音正確，用詞正確，在精神方面要求思想正確，人生觀正確，道德觀正確。

讀音正確可認真細研電台的一本「天書」，大家遵循。留意一字多音，在不同地方有不同讀法，如「說法」、「說客」之分別，「寄宿」、「星宿」之差異。有邊未必讀邊，「雕塑（素）」不要讀作「雕朔」，「星光熠熠」，「熠熠」讀「邑邑」而非「習習」。

又如懶音之避免，試讀牙、芽、瓦、雅、崖、涯、肴、咬、巖、顏、眼、雁、硬、額、危、蟻、毅、魏、藝、偽、牛、藕、偶、銀、熬、傲、翱、俄、娥、鵝、我、餓、臥、哦、外、礙、昂、岳、鱷，都要有 ng 鼻音開始。

還有 L 與 N 開頭發音之分別，試分別「男子」

與「籃子」,「糯米」與「一籮米」,「西南方」與「梅蘭芳」,「阿濃」與「成龍」。

詞義有褒貶之分，也有不分褒貶的中性詞。試各舉兩例：

褒——琳琅滿目（多）鳳毛麟角（少）

中性——汗牛充棟（多）屈指可數（少）

貶——濯髮難數（多）零星落索（少）

更重要的正確

傳媒內容的正確，除了技術性，更重要的是知識正確，思想正確，人生觀正確，道德觀正確。

知識正確的重要性以醫學知識最為明顯，民間秘方、偏方不知凡幾，有些只是歷代相傳，人云亦云；有些也只能舉出一兩個病例，如果將之在節目中介紹，很可能有成百上千的人相信。那結果會怎樣實在很難估計，即使沒有醫壞，卻也沒有醫好，那就耽誤了病情。

思想、人生觀，多種多樣，怎麼才算正確呢？還是有基本準則的：要積極不要消極，要樂觀不要悲觀，要光明不要陰暗，要正直不要邪惡，要公正不要徇私，要廉潔不要貪腐，要勇敢不要畏縮，要樸素不尚奢華……即使廣播人自己正處於負面情緒中，也要把自己當作另外一個人，把正能量傳送給聽眾。這是有點難，盡快讓自己跳出來。

說到道德問題，隨着時代的變遷，不少標準在變化。傳媒人不一定要跟上最前的潮流，甚至還應該守住某些底線，但了解和包容卻是不可少的。對信念的堅持，對異見的尊重，不以大壓小，恃強淩弱，本身就是一種高尚人格的表現。

一言既出

電台有許多即時「出街」節目，播音者説錯了話，即時傳播四方，真的是駟馬難追。因此廣播員要比任何人慎言。

粗口是一定不可説的，據説有些藝員平時粗口爛舌，一到咪前嘴裏就乾乾淨淨。這是他們的特殊技能，不是人人學得到。事實是偶然撞板的也有，因此平常也不講最是上策。

歧視詞是電台大忌，尤其是對族裔、族羣的歧視，可以引起訴訟。對殘疾、弱能者的歧視詞是道德的違反。其他如對女性、老人不自覺的低貶。對富人、窮人無端的嘲諷，對官員、公僕肆意的攻擊，都是憑恃話語權將言論自由濫用。

譭謗是作不實的人身或商譽攻擊，如引起訴訟，其賠償額足以令機構破產。報道負面消息時一定要謹慎。

一般電台比電視有更嚴格的道德要求，有些電視台深夜播放成人節目，罕見電台有內容色情的節目出現。廣播者不可用曖昧「有味」及「帶骨」的話語來滿足聽眾的低級趣味。

一些黑社會用語已滲入日常用語中，難以分辨，如「着草」、「老笠」、「開片」之類，不要為顯示自己博識而大量使用。這並不是什麼大學問，也不值得傳播。

得體之道

說話得體與否，重點在認清說者與受者的身分，是上級對下級？下級對上級？還是同級對同級？

就像下面這批詞語，是從最低級寫到最高級，不可弄錯。叩稟、謹稟、奉告、通告、通知、下令、飭令。

《曾文正公家書》提到，對父母用「跪稟」，對叔父用「敬稟」，對兄弟用「左右」或「足下」，對後輩用「諭」，作為信的開頭，是分得很清楚的。

有時跟朋友談話，聽他們說：「我夫人託我問候你們。」「請到我府上吃頓便飯。」便覺好笑，這是分不清「稱人」、「自稱」分別的緣故。「稱人」要抬舉，「自稱」則要謙卑，甚至去到自我踐踏的地步。下面舉一些例子，前面是稱人，後面是自稱。

尊夫人／內子，令尊／家父，令堂／家母，令兄／

家兄，令弟、妹／舍弟、妹，令公子／小兒，令千金／小女，府上／舍下，貴校／敝校，大作／拙作，寶號／小店，貴體／賤體，大名／小姓某、名某，厚賜／薄禮。

雖說自稱要謙卑，但牽涉到兩國交往，禮貌是需要的，但國格仍需保持，要做到不卑不亢，既不盛氣凌人，也不卑躬屈膝。人與人之間即使是上下級關係，也要保持一份尊嚴，那怕是想向他借錢。

李白想獲得韓荊州的舉薦，固然說了不少拍馬屁的話，卻也沒有忘記稱讚自己是「日試萬言，倚馬可待」，「雖長不滿七尺，而心雄萬夫。」這就是得體。

說得有趣

保持聽眾興趣的最佳方法是說得有趣，但幽默感是與生俱來的，悶蛋講話永遠使人昏昏欲睡，偏偏他們無自知之明，卻自戀成狂，一講就講到大家要喊救命。

說得有趣最好是即景生情，新鮮熱辣的笑料一定大受歡迎。而最好的嘲笑對象是自己，地位愈高的人獲得的掌聲愈多，因為你的下屬平常不敢公開踩你，如今你自己踩自己，給大家一種滿足。

平常不妨儲起一些笑話（這方面的書不少），到適合時借用。曾在我寫的《展眉集》裏總結了一些笑話好笑的因素，不妨借用。

像故意的誤解：一老太太每到一站都用傘戳一戳司機問這是什麼地方，最後司機不耐煩了，回答說：「太太，這是我屁股。」

像孩子的天真：小強跌倒沒哭，隔鄰伯伯說：「小強真乖，跌倒也不哭。」小強說：「媽不在，哭來做什麼？」

像唇槍舌戰，針鋒相對：酒會上女王老五與結婚多次的紅星相遇。紅星對女王老五說：「唔，你還沒有結婚麼？」女王老五回答說：「唔，你還沒有離婚麼？」

城中幾位有名的棟篤笑名嘴，是我們學習的對象。

「咱也是一俗人」

魯迅解剖了一種不少國人表現的「阿Q精神勝利法」：自欺欺人、自嘲、自解，而又妄自尊大、自我陶醉。至今阿Q處處，包括你我有時也以阿Q精神取得安慰。失戀了？是對方不識貨，走寶。失業了？塞翁失馬，焉知非福！給人欺負了？看他橫行到幾時！

另有一種「德性」，我們也常見到，似乎還未有人將他寫成阿G、阿L。

這種人明顯有某種缺點，證據確鑿，無法為自己辯解，於是就厚着臉皮承認：「我是唯利是圖！」「我讀得書少！」「我是冇膽匪類！」「咱也是一俗人！」

這樣一「承認」，他就獲得多種好處：有自知之明，誠實，真小人勝於偽君子……而最大的好處是可以繼續錯下去。

作家王朔，寫了一本《頑主》，以「痞子」德性，刺穿位居上流者的虛偽、無知和可笑。可是他一書成名後也跌入流行文化的大潮，成為其中一部分。當別人批評他時，他就說：「我俗，我也不是個東西。我搞影視的時候，搞大眾文化的時候，我就是獻媚，我就不是東西。」

劉曉波不讓他借此招逃走，拆穿說：「『咱也是一俗人』不是你應對別人批評時的擋箭牌嗎？被別人指摘為俗總不如自己先說自己俗來得高尚。有一陣子，滿世界都是『咱也是一俗人』，就是想撈錢，想成為大眾明星，怎麼啦？別吃不着葡萄說葡萄酸，誰也不比誰雅多少。」

這種自輕自賤自我認衰的伎倆，加上他們沾沾自喜的態度，說明這種人是沒得救，而且十分討厭的了。

老人家的回答

一艘郵輪停泊在啟德郵輪碼頭多日，因為檢疫問題，乘客不能上岸，直到證實全部船員和乘客都對疫症呈陰性反應，才讓大家登岸。

這時許多記者在岸邊訪問登岸遊客。他們的問題其實可分三類，一類是中性，任由受訪者回答，問題可以是：「對這次經歷有什麼感想？」「回家最想做的是什麼？」一類是正面的、積極的、配合可以回家的高興：「終於可以回家了，開心嗎？」「有家人來接你們回家嗎？」也可以是負面的問題：「被迫阻遲了四天登岸，覺得冤屈嗎？」「對這次的遭遇有什麼要投訴的？」

我覺得第一二類問題都沒有不妥，第三類問題卻是存心不良，要增加社會的戾氣，無助於團結抗疫。而偏偏電視新聞和報上的記者就是這樣問的。

幸而電視所見受訪的是心地好的老人家，一個說：

「船上的服務絕佳！」一個說：「阻遲了幾天無所謂，我們老人家有的是時間。」

簡單的問答就看出了修養，有人存心挑剔，有人與人為善。有人唯恐社會不亂，有人祥和包容。

標註年齡

有一發現，兒童畫是標註年齡的：張小寶（五歲）。這當然是老師或父母教的。這標註從他們會寫自己名字到十五歲為止，到十六歲就很少再見標註了。

標註的目的何在呢？一在保護，二在誇耀。「你們覺得畫得很幼稚嗎？他才三歲呀！」「瞧，她才五歲，就畫得這樣好！天才呀！」

中國畫家到了老年，題款時也有喜歡標註年齡的，齊白石是其中之一。我見到標註最早的是「白石老人八十四歲」。最遲的是「白石老人九十七歲」。查齊白石生於 1864 年，逝世於 1957 年，享年九十三歲。即是老人虛報四載。據説是他聽了算命先生的話，要為自己加上三歲。那「四載」多了的一歲，只是計算方法的不同。

老人家在作品中標註年齡，作用也有二，一在誇耀：「瞧，我這麼大的年紀，還能畫出這麼好的作品！」二在紀年，讓收藏家和研究者知道這是他什麼時期的作品。

除畫家外，一般女性對年齡採取的態度，大概從三十到六十五歲是守秘期，之後漸漸不介意，到七十歲向後就有意透露，愈老愈喜歡。

至於男性，我認識一位老人家，年頭他說九十六，年中他報九十七，前幾天他說九十八，正籌備百歲宴。

像孩子聽不懂

米高在加拿大出生，今年二十五歲，讀過幾年中文學校，會說一點中文，除了自己名字外，其他中文字都忘記怎樣寫了。

米高有兩三個西方女友，但他的祖母不喜歡，說她們穿得太少，又抽煙，希望他能認識一些正經的中國女孩子，她跟她們也容易溝通。

機會來了，一個叫阿碧的遠房親戚的女子來此地讀書，想認識多幾個本地朋友，操練操練英語。米高是理想人選。

經過幾次約會，雙方對對方的印象似乎都不錯。

可是這天米高回家時卻臉有憂色，頻頻歎氣。米高的父親問米高發生什麼事了？米高說：「阿碧說我討厭。」父親說：「你做了不該做的事了？」米高說：「沒有呀，我當時對她説，她是我認識的女孩子中最好看的一個，她就説：『討厭！』」父親説：「傻孩子，別擔心，她喜歡着呢！」「真的？」米高抓頭。

過了幾天，米高約會阿碧回來，又是很擔心的樣子。父親問發生什麼事了？米高説：「阿碧説我是壞人。」父親説：「你怎樣對她了？」米高説：「沒有呀，我當時對她説，我要一生一世對她好，對她比親妹妹還要親！她就哭了，我幫她抹眼淚，她推開我説：『你引得我哭了，你是壞人！』」父親微笑，拍拍米高的頭説：「傻孩子，別擔心！當年你母親也罵我是壞人，後來就嫁給我了。」

唔係是必要答

當人家問你問題時，記住：唔係是必要答。

閨中好友一把眼淚、一把鼻涕問你好不好跟她老公離婚。聽起來她老公真是夠衰的，大男人，什麼家務都不做，花心，小三一個又一個。如果是你老公，一定把他踢去大西洋了。但老公不是你的，你如義憤填膺，攛掇她離婚，隔了一段日子不見她向你報告，偶然在街上遇見，但見她小鳥依人般緊攥老公臂膀，告訴你他們正準備到日本重度蜜月，那時臉紅的一定是你。

老婆剪了一個新髮型，幸好與平日的相差極大，被你發現。否則她會兇你，說你沒有看她，連她剪了髮都不知道。於是你說：「剪了髮？」她一定隨口問：「好看嗎？」你既不想今後都有一個癲婆子似的女人在你身旁，又不想學直言的史官觸怒龍顏。你就要記得「唔係是必要答」，有許多滑頭的答案可用：「依家興呀？」「自己鍾意就得啦！」「耐不耐換下形象都好嘅。」「你啲老友點話？」

女兒帶男友回家吃飯，算是「見家長」了。老實說你不喜歡這樣的男子，太世故，太殷勤，醒目仔，純情的女兒一定被他「食住」。但他五官端正，無不良嗜好，有正當職業，你無可挑剔。當女兒事後急切地問你的意見時，你如稍為表示不滿，她立即會成為對方的「辯護律師」，未嫁已經與你採取敵對態度。而你的不喜歡絲毫不能影響她的決定。記得「唔係是必要答」，你可以說：「你哋互相鍾意就得啦！」「阿媽眼光落後啦，唔識睇，問下你啲朋友仲好啦！」「不如你講下點解鍾意佢。」禍從口出，慎之！

慎言是怎樣學曉的

多年前寫過一篇幽默小品，文中的朱先生講多錯多，看來從此學會慎言。這故事適合重溫：

朱先生收到兩張看話劇的贈券，碰巧那天晚上有空，便與夫人同往欣賞。

中場休息時看見一位姓張的朋友，是在電視台做編導的，便舉手跟他打招呼。張編導也不客氣，坐到朱先生旁邊的空位上來。朱先生被剛才的戲悶個半死，忍不住向朋友發洩幾句：「怪不得有人送戲票給我，這樣的悶戲到哪裏找人看？你是不是也收到贈券？」

「我也不用花錢。」張編導說。

戲又開場了，台上一位只會跺腳的年輕女主角又在跺腳發脾氣了。朱先生說：「這女孩是誰？是不是第一次演戲？除了跺腳她連脾氣也不會發！」

「她叫張芝，的確是第一次演戲，她是我女兒。」張編導說。

朱先生見講錯話了，連忙兜着說：「第一次演戲算是不錯了，起碼她比演母親那個來得自然。這演母親的有點面善，看來是老資格了，就是舞台腔太重，這種演技早已落後了。」

「我同意你的看法，不過我沒法說服她，因為她是我老婆。」張編導看來並不介意，朱先生卻有點難為情了。

他「補鑊」道：「不過怎樣演要看導演，演員奉命行事而已。這導演的功力似乎差了點，難怪演員未能好好發揮。」

「請多多指教，這戲正是我負責排練的，所以特地請您老人家來指導。」張編導說得很謙虛。

朱先生臉紅了，支支吾吾再不敢說什麼。

四・詩情畫意

回首當年嬌小態

初戀最是難忘，尤其在封建時代，男女交往機會不多，情感一旦發生，雖經歷風雨，心上仍存這美麗的一頁。

清代學者、畫家、書法家、詩人鄭板橋就有一位青梅竹馬的小女友王一姐，曾有情竇初開之愛。這段感情未能開花結果。二十年後，二人卻偶然重逢，引起詩人的美麗回憶和悵惘失落之感，填了一首詞。

大意是：我們相識時大家還小，你一頭垂頸秀髮，額上點着胭脂，很是可愛。有時你母親拖着你，有時你父親揹着你，有時又把你打扮成男孩子。那時我雖年幼，已在心中愛你。如果早放學，就匆匆奔去你家，聽你溫柔的說話。你已開始喜歡打扮，問我要畫筆作眉筆。此後二十年我奔波在外，這段情隨風而逝，夢也不曾做一個。情感的田一片乾旱，更有雲霧漫漫相隔。想不到今天竟在深院重逢，感覺到舊日的溫情猶在，只是你多了因顧忌帶來的矯飾。想起當年嬌小的你，一句話不順你意就紅了臉不高興。這樣可愛的真純，再也難得了。請看原詞：《賀新郎・贈王一姐》：

竹馬相過日，還記汝雲鬟覆頸，

胭脂點額。阿母扶攜翁負背，

幻作兒郎妝飾。小則小，寸心憐惜。

放學歸來猶未晚，向紅樓存問春消息。

向我索，畫眉筆。

廿年湖海長為客，都付予風吹夢杳，

雨荒雲隔。今日重逢深院裏，

一種溫存猶昔。添多少周旋形跡。

回首當年嬌小態，但片言微忤容顏赤。

只此意，最難得。

鄭板橋書法

詩寫的人物素描

人物素描要寫得簡單概括，特點突出，形象生動，詩中並不多見。我在中唐詩人王建的詩集中發現一首，十分欣賞。題目是《貽小尼師》，描繪的是一個小尼姑，看來只得十一、二歲。這麼小就出家，大多由於家貧，把孩子送進寺廟庵堂，起碼衣食無憂。

新剃青頭髮，生來未掃眉。

身輕禮拜穩，心慢記經遲。

喚起猶侵曉，催齋已過時。

春晴階下立，私地弄花枝。

第一二句已點出女尼身分和年齡，新剃光的頭顯露青色髮腳，因為年紀小還不曾畫過眉，當然也沒有化過妝。

身體輕靈，做禮拜時肢體穩定。記誦經文的能力就比較落後，當然啦，深奧的內容，依靠強記，這邊讀了，那邊就忘。

孩子嘛，一睡就睡得沉沉的，喚醒她時天已大亮。吃齋飯的時候到了，待找到她時，已經過了時間。總有關心她的廚房師傅或師姐會留一份給她吧。

沒有同齡的伴，師傅們各有工作，在春天的好天氣下，只能在僻靜的一角，把玩花枝或看螞蟻搬家了。

詩人不但寫了小尼的外貌，還敍述了她的動作、學習表現、生活習慣、生活常態。説明詩人對小尼的觀察是全方位的。詩人沒有説她可愛或可憐，但我們看到她的寂寞，想到她的童年將會在這樣的環境度過，而她的青春也將在清磬和木魚聲中過去。讀者會有怎樣的感想呢？

詩人沒有懷着某個特定的目的寫這首詩，只是以簡括生動的四十個字完成了一幅人物素描。

四十六字的微型愛情小說

讀朱淑真《清平樂・夏日遊湖》，覺得是一篇精彩的愛情小小說，數一數只得四十六字。

主角是一少女，估計只得十六至十八歲，用的是第一人稱：我。那是一個夏日，她跟一個男子有約會，地點在西湖。她跟男子手拖手在湖堤上散步，兩邊湖中荷花盛開，香氣氤氳。她有輕微的暈眩，像小飲後的微醺。臉龐紅着，有點燙。忽然灑起一場小雨，這在黃梅時節十分平常。發熱的臉感覺舒服的涼。雨霧中他們找個亭子避雨，有理由多呆一會。

她心裏升起被愛的慾望，也不怕偶然經過的閒人怎樣看怎樣想，軟着身子倒在他懷裏。是如此的嬌癡，連她自己也想不到會如此大膽。

可是不論多麼不捨，總還是要分手回家。望着鏡中自己，髮亂釵斜。想到適才光景，閉眼回味，不知是喜是悲。懶得梳洗添妝，且到牀上獃一會。

有環境，有氣氛，有行為，最着重寫的是心理，因愛的熱烈而大膽，因無奈的分離而沒情沒緒。既細膩又動人，數一數，只四十六字：

惱煙撩露，留我須臾住。携手藕花湖上路，一霎黃梅細雨。嬌癡不怕人猜，和衣睡倒人懷。最是分携時候，歸來懶傍妝臺。

孟夫子也懂豔情

唐代詩人孟浩然是李白的前輩，兩人是好朋友。李白曾有詩說：「吾愛孟夫子，風流天下聞。」這「風流」跟現在的理解不同，是灑脱放逸、風雅瀟灑、才華出眾的意思。

李白的《黃鶴樓送孟浩然之廣陵》，「孤帆遠影碧空盡，惟見長江天際流。」更是深情一片。

得《千家詩》之助，孟浩然被許多讀者所認識，因為第一篇就是他的《春曉》：

春眠不覺曉，處處聞啼鳥。
夜來風雨聲，花落知多少？

把春日清晨賴在牀上、枕邊的感覺和思維，細細描繪出來：昨夜風雨，睡得不好，一睡就睡過頭了，是被鳥兒的叫鳴聲喚醒的。這時記起昨夜的風雨，掛念園中花卉，不知有沒有狼藉一片？

孟浩然是田園詩人，作品常有「夫子」味，我卻發現他有一首「豔情」作品，對少女春日情懷有深切了解，題目是《春怨》：

佳人能畫眉，妝罷出簾帷。
照水空自愛，折花將遺誰？
春情多豔逸，春意倍相思。
愁心極楊柳，一動亂如絲。

青春期的少女開始愛美，化妝打扮了。沒有鏡子，在水裏照照也是好的，隨手摘了一朵花，要送給誰呢？青春情懷總是豔美的，在這春意盎然的季節就更加倍湧動了。心中難以描述的淡淡愁緒，一經觸動，就像風中的柳絲，亂成一片。

詩中問答

中國詩歌中提出問題最多的應是屈原的《天問》，一共有幾條問題呢？答案不一，其中最多的說是一百七十一問，包括天文、地理、歷史、神話等等。屈原自己沒有回答，也不曾見有其他人的答案。我能簡單回答的其中兩個問題是：「何所冬暖？何所夏寒？」答案應是南半球的澳洲吧。

政府拒絕回答提問用得最多的是「不評論個別案例。」「本案已進入司法程序，不便評論。」外交發言人的奧妙回答是「你懂的。」大家會心，盡在不言中。

唐詩中有不少妙問妙答，很被欣賞。

王維說：「君自故鄉來，應知故鄉事。來日綺窗前，寒梅著花未？」不問政情，不問人事，問窗前寒梅開花沒有？於此可見作者情趣高雅，關注點與他人不同。也或許明知其他事都是不堪問的，只能問花花草草了。而窗前梅花也的確代表了作者對故鄉的思念。

王昌齡在芙蓉樓送別辛漸時說：「洛陽親友如相問，一片冰心在玉壺。」這是假設提問，同時給了一個含蓄的回答。此時他處境不佳，批評他的有，貶斥他的有，但請大家放心，本人品行高潔，志氣堅定，不必為他擔心。

王維回答友人張少府的問詢，先講述自己近況：「晚年惟好靜，萬事不關心。自顧無長策，空知返舊林。松風吹解帶，山月照彈琴。」最後，你問及世事成功失敗的道理，我是準備打漁去了。「君問窮通理，漁歌入浦深。」「漁歌」並不是真的打漁，歸隱的代詞而已。沒有回答的回答，張兄，你懂的。

誰在說話

南宋詞人辛棄疾罷官閒居江西上饒，某日遊覽廣豐縣博山，時間晚了，獨宿山間王氏茅庵。這晚上風雨交加，詞人夜不能寐，起來填了一首《清平樂》，上闋描寫了當時氣氛：

繞牀飢鼠，蝙蝠翻燈舞。屋上松風吹急雨，破紙窗間自語。

風吹破紙，拂拂有聲，好像在說話。這感覺未見有人寫過，很給人一種寒慄的感覺。

童話和寓言中動植物和物件很多會說話，只有很小的孩子才當真。

牛不會說話，但我覺得牠們會歎氣。初出來教書，宿於鄉村書室，窗外繫一牛，夜間不時歎氣，跟人的歎息聲十分相似。似在訴說日子過得勞苦，而回報只是一堆乾草。牠的深沉歎息，使我久久不能入睡。

動物中鳥兒最會說話，清晨枕上聽鳥鳴，婉轉清脆，充滿喜悦。烏鴉哺幼期間，行經牠們的領地，啞啞連聲，警告的意味甚濃。至於「不如歸去」、「各管各工」、「阿婆打我」、「苦哇！苦哇！」等鳥語只是人類附會。

人們想像非生物中會唱歌的應是流水，尤其是小溪，多少人寫過它們吟唱着淌過石灘，穿過小橋，流向大江大海。

沒有嘴巴而會説話的東西集中在我們身上，最會説的是眼睛，會告訴你怒（怒目而視），愛（脈脈含情），悲（熱淚盈眶）。連眉毛也會挑逗，頭髮也會上衝冠，至於面紅耳赤，其實也是説話。至於雙手更有整套「手語」了。

智能機械人贏不了誰？

智能機械人 AlphaGo 以 4:1 的優勢贏了世界圍棋冠軍李世石，圍棋這門技藝危矣！從前的電腦要用幾個房間來裝，現在可以放在口袋裏。科技發明正朝體積小、便於携帶的方向走。將來一部手機已經可以輸入各種棋類遊戲程式，到達必勝程度。一個小學生拿着手機就可以與高級棋手對弈而無懼。那圍棋也好，國際象棋也好，還有什麼前途嗎？

但機械人之可以戰勝棋王，靠的是計算。不論要走多少步，始終有個極限，超級電腦速度快，把每一步的可能性及其結果都分析出來，然後走勝算最高的一步。

因此想機械人贏不了你，就要在無法計算的項目上進行。文字工作中，電腦可以翻譯文字，雖然有時會鬧笑話。我相信電腦可以寫履歷，發請柬；電腦甚至會寫愛情小說、偵探故事，但感覺老套。這是把預先輸入的若干情節拼湊而成。

電腦也會寫詩，只是形式上的詩，舊詩它合格律，讀起來鏗鏘，但不知所云。新詩它懂得分行，有點抽象詩的味道，但缺少了一樣最重要的東西：情。

原來格律、語法、詞彙都可以預先輸入，但因為有無窮的不同組合，電腦就無法完全勝任，寫不出優雅、動人的句子。而去到「情」的層次，詩情屬於最美最深的情，那是任何超級電腦到此止步、如同白癡。你想，電腦能有「身無彩鳳雙飛翼，心有靈犀一點通」的兩心相照嗎？它有「春蠶到死絲方盡，蠟炬成灰淚始乾」的堅定不移嗎？它懂得「同是天涯淪落人，相逢何必曾相識」的落魄況味嗎？因此當機械人橫行於世時，詩人仍可「凌雲健筆意縱橫」。

生活中的詩

瘂弦先生說，中國人的生活中隨時有詩，他舉了幾個民間詩作，包括貼在燈柱上的告白：「天皇皇，地皇皇，我家有個夜啼郎。四方君子唸一遍，一覺睡到大天光。」

中國人與詩的確有密切接觸，光是一本《唐詩三百首》，其中一些句子就常被人隨口引用，卻未必知其來源。

以情有所感來說，例子多的是：跟所愛的人心靈契合，不說也知道，就會說：「我們心有靈犀一點通。」是李商隱的。相愛已深，願生死相隨，就說：「在天願作比翼鳥，在地願為連理枝。」是白居易的。丈夫變了心，拋棄糟糠，就說他「但見新人笑，那聞舊人哭！」是杜甫的。節日特別思念親人，就會脫口而出：「每逢佳節倍思親。」是王維的，自然得很。心儀的女子若即若離，歎一句：「多情卻似總無情。」是杜牧的。朋友他遷，相會無期，互相安慰：「海內存知己，天涯若比鄰。」是王勃的。

生活中少不了對人生的感慨，詩句隨時來到唇邊。上樓看風景，邊上樓梯邊吟：「欲窮千里目，更上一層樓。」經濟狀況不佳，夫妻為此頭疼傷感：「貧賤夫妻百事哀。」一切都看破了，能開心時就開心吧：「人生得意須盡歡，莫使金樽空對月。」來，咱們乾一杯。失意時認識同樣失意、一見如故的新朋友，白居易的兩句自動來到：「同是天涯淪落人，相逢何必曾相識。」機會來了，尚在猶豫，《唐詩三百首》的最後一首，杜秋娘的詩來了：「花開堪折直須折，莫待無花空折枝。」

詩的大國，誰的身上沒點詩味？

古典的底子

詩人瘂弦說：沒有古典的底子，也寫不好新詩。此話我絕對同意。

因為中國是詩的傳統大國，詩的歷史源遠流長，詩的作品浩如煙海，歷代傑出詩人輩出，詩的藝術的嘗試遍及各個領域，詩對全民的影響深入骨髓，新詩如果離開這些，忽視這些，就成了《阿Q正傳》中的「假洋鬼子」，兩邊不討好。

在文字上，古典詩從《詩經》的四言，發展為五言、七言，到詞的由一個字到十一個字的句式都有。

在體裁上，從《詩經》的風、雅、頌到楚辭、漢賦、樂府、古體、近體的五七言絕律到曲，以及花樣百出的種種民歌體，都豐富繁茂。

在修辭上從《詩經》的賦、比、興到出現在各種詩體裏的頂真、聯珠、疊詞、雙關……哪樣沒有？

在音律上的平仄、押韻，雙聲、疊韻，能吟能唱的詞牌，曲調，是多麼精深的學問。

在內容上寫情寫景，諷喻時弊，記載歷史，甚至把議論、哲理入詩，哪樣不曾試過？

古典詩詞的風格，婉約、含蓄、豪放、清麗……美不勝收，鍾嶸和司空圖的《詩品》分析得很詳細。

古典詩詞是詩歌發掘不盡的寶藏，是中國詩的源頭，誰放棄了它，離開了它，即使不流於淺薄，也顯得厚度不足，韻味欠缺了些。

寫詩人的夢想

多年前在九龍彌敦酒店前廳，見到屏風上一幅書法，是一位姓區的書法家寫的一首白居易的長詩，賞心悅目。不少酒樓都有書法家的作品，最常見的內容也是詩。這是好事，可惜的是皆是舊詩，未見過新詩。

寫詩人有一夢想，便是到處見詩，而且有舊詩也有新詩。酒樓有舊詩，餐廳有新詩。酒樓上是：「勸君更盡一杯酒，西出陽關無故人。」餐廳上是：「來一杯鴛鴦，看如何融和。」

各種用品上都可以有詩，以前茶壺上有：「一片冰心在玉壺。」酒壺上有：「醉裏乾坤大，壺中日月長。」月餅盒上有：「月是故鄉明。」「今夜月明人盡望。」可不可以在香水瓶上寫「春風拂檻露華濃」？或者來一句新詩：「我聞到它時，知道你來了。」或「你雖離去，它帶給我長久的記憶。」

圖書館的牆上可以有：「讀書破萬卷，下筆如有神。」新詩可以寫：「有什麼像花一樣香？是濃郁的書香。」「無數智者的心靈，在此任你觸摸。」

當到處都是詩的時候，詩集沒有人買，亦無遺憾了。

你雖無言

美國鄉謠女歌手 Alison Krauss 曾十七次獲格林美獎。她有一首很動聽的歌《When You Say Nothing At All》（有人譯《盡在不言中》）曾在白宮演唱。歌的作者是 Don Schlitz 和 Paul Overstreet，點題的一句是「You say it best when you say nothing at all。」

因為我喜歡，試着把它譯成中文，不是歌詞，就當一首詩看，題目是《你雖無言》：

何等奇妙 / 你不說一字 / 便能與我心對話 / 驅走黑暗 / 燃點一片光明

我無法解釋 / 何以你不則一聲 / 我已完全明白

你臉上的笑容 / 說盡你的依戀 / 你真誠的眼神 / 告訴我你永不離棄

從你的緊握中 / 我知道當我跌倒 / 定有你的扶持 / 是你說得最好 / 雖然你什麼也沒有說

眾聲喧嘩 / 爾獨靜默 / 當你把我抱緊 / 我們無視眾人 / 那怕他們努力 / 也永遠不能知曉 / 你心我心 / 有過什麼對話

在其中一個視頻中，是母親和爺爺抱着嬰兒唱的，嬰兒無語，很能配合歌詞。另一視頻則出現年輕男女，作為情歌似乎更為感人。

「雪花飄飄，北風蕭蕭」

李清照詞《一剪梅》，由蘇越作曲，安雯主唱。詞寫得好：

「……花自飄零水自流，一種相思，兩處閒愁。此情無計可消除，才下眉頭，卻上心頭。」蘇越的曲寫得好，安雯也唱得好。

之後有娃娃作詞的《一剪梅》，是普通歌詞，不是按詞牌填的詞，其中幾句：

雪花飄飄，北風蕭蕭，天地一片蒼茫。

一剪寒梅傲立雪中，只為伊人飄香。

愛我所愛，無怨無悔，此情長留心間。

由陳怡作曲，費玉清主唱，作為連續劇《一剪梅》的主題曲，也曾家喻戶曉。但經過三十七年，其中兩句「雪花飄飄，北風蕭蕭」忽然在西方網絡上爆紅。在音樂串流平台 Spotify 上，挪威、芬蘭、紐西蘭、瑞典等地都登上熱播榜，丹麥、冰島也在前五十名。

考究它爆紅的歷程，是一位叫蛋哥的光頭網友，在雪地舉着手機，一邊旋轉一邊唱出「雪花飄飄，北風蕭蕭」，引起好奇和惡搞，出現許許多多二次創作。他們把它音譯為「Xue Hua Piao Piao，Bei Feng Xiao Xiao」，用在各種無奈的景況之下。例如：

相戀多年的女友要跟他分手，電話中告訴他將跟他的好友某君結婚，這樣令人憤懣無奈的情境，他唱道：「Xue Hua Piao Piao，Bei Feng Xiao Xiao ！」

他與女友報名參加了一個豪華旅行團，因疫情旅程取消了，卻收不到退款。對着緊鎖的旅行社大門，深感無奈，歌詞從心中升起：「Xue Hua Piao Piao，Bei Feng Xiao Xiao。」

可能這世代使人深感無奈的事太多，導致這歌詞的熱爆。

孩子誦詩

一個團體舉辦了一項兒童才藝比賽，其中有詩歌朗誦項目，主辦者選的都是古詩。我發覺選材有兩個誤解，一是以為詩中的字不深就適合孩子讀，二以為只有四句的絕詩最適合孩子讀。

請看杜牧一首《泊秦淮》:「煙籠寒水月籠沙，夜泊秦淮近酒家。商女不知亡國恨，隔江猶唱後庭花。」生字只有「淮」和「猶」，但整首詩的感慨牽涉歷史和典故，還有那種心情，都不是十歲以下小朋友能理解的。

一首只有四句的詩，不代表含意簡單直接，其中也有起、承、轉、合，要在語氣中表現出來，並不容易。四句詩十來秒便讀完，評判還沒聽清楚已經沒了，他們評分也很難做，尤其在參賽人多的時候。

因此，我認為還是讓他們讀現代兒歌好些，讓我介紹雲姨姨（黃慶雲）的一首，題目是《搖籃》，那意境多美，多適合小朋友！

藍天是搖籃，搖着星寶寶。白雲輕輕飄，星寶寶睡着了。

大海是搖籃，搖着魚寶寶。浪花輕輕翻，魚寶寶睡着了。

花園是搖籃，搖着花寶寶。風兒輕輕吹，花寶寶睡着了。

媽媽的手是搖籃，搖着小寶寶。歌兒輕輕唱，小寶寶睡着了。

中國詩不宜六言？

讀葉嘉瑩教授所記顧隨老師的詩詞講課筆記，其中一節談到六言詩，顧老師認為中國詩不宜六言，因為會俗。加上小説中常用以六言為主的《西江月》詞，就更添俗的感覺。

他舉王維《田園樂》七首中一首為例（葉教授誤記詩題為《高原》）：

桃紅復含宿雨，柳綠更帶朝煙。

花落家童未掃，鳥鳴山客猶眠。

他認為感覺也是俗，如改為五言便好得多：

桃紅含宿雨，柳綠帶朝煙。

花落家童掃，鳥鳴山客眠。

事實上六言詩創作與留存者不多，有人統計過《全唐詩》只七十五首（相比總數四萬九千八百餘），而在清代《千首宋人絕句》中有九十八首，佔十分一。

我想找一些六言可變五言的詩，結果只找得一首劉長卿的《尋張逸人山居》：

危石（才）通鳥道，空山（更）有人家。

桃源（定）在深處，澗水浮（來）荷花。

括號中是可省之字。抄一首唐代魚玄機的六律《隔漢江寄子安》，情深款款，未見其俗：

江南江北愁望，相思相憶空吟。

鴛鴦暖臥沙浦，鸂鶒閒飛橘林。

煙裏歌聲隱隱，渡頭月色沉沉。

含情咫尺千里，況聽家家遠砧。

鸂鶒：愛雙宿雙棲的水鳥，俗名紫鴛鴦，國粵音皆讀「溪斥」。

杜甫首創句法

錢鍾書《談藝錄》說有種句法「創於少陵（杜甫）」，首見《聞官軍收河南河北》：「即從巴峽穿巫峽，便下襄陽下洛陽。」

這對句的特點是上下句各有兩個詞是有一字相同的。如「巴峽」、「巫峽」，「襄陽」、「洛陽」。

錢鍾書跟着舉了不同作者的六十多個例子，我不知道是出自他的博聞強記，還是花許多時間去翻書找到的？

我在這六十多個對句中，選一些我喜歡的給大家欣賞：

1. 桃花細逐楊花落，黃鳥時兼白鳥飛。（杜甫）
2. 縱使有花兼有月，可堪無酒又無人。（李商隱）
3. 莫憂世事兼身事，須著人間比夢間。（韓愈）

4. 今日心情如往日，秋風氣味似春風。(白居易)

5. 東澗水流西澗水，南山雲起北山雲。(白居易)

6. 前臺花發後臺見，上界鐘聲下界聞。(白居易)

7. 依稀似笑還非笑，彷彿聞香不是香。(元稹)

8. 人間後事悲前事，鏡裏今年老去年。(郭鄖)

9. 沉憂萬種與千種，行樂十分無一分。(高駢)

10. 題詩朝憶復暮憶，見月上弦還下弦。(陸龜蒙)

11. 流年看老怕將老，百歲求安未得安。(褚載)

12. 能休塵境為真境，未了僧家是俗家。(邵堯夫)

其中 5 和 6 兩對同時出自《寄韜光禪師》，更是難得。

留十八分鐘給詩

詩人蔣勳在某個中秋節的晚上，作了一個關於詩的深情演講。他說：「一天有二十四小時這麼漫長，我們能不能留十八分鐘給一首詩？」

這天晚上，在座聽眾都享受了近一小時的詩的盛宴。

他一開始就朗誦了自己的作品《願》，一首深情的愛情詩，試抄第一節和最後一節：

我願是滿山的杜鵑
只為一次無憾的春天
我願是繁星
捨給一個夏天的夜晚
我願是千萬條江河
流向唯一的海洋
我願是那月
為你，再一次圓滿

當你埋葬土中
我願是依伴你的青草
你成灰，我便成塵
如果啊，如果——
如果你對此生還有眷戀
我就再許一願
與你結來世的姻緣

蔣勳還退一步說：如果不能每天留十八分鐘給詩，三百六十五天裏留十八分鐘也好。如果這也做不到，一生留十八分鐘也好。我想，真有許多許多人，一生也沒有留一分鐘給詩。普及教育讓他們在課堂裏讀到詩，但那是功課，不是他主動為詩留下的時間。

我願意接受蔣勳的建議，每天為詩留十八分鐘。

我可以用好的毛筆，在美麗的信箋上抄一首詩或詞。

我可以在清晨散步時，迎着晨曦把心中的詩一句句吐出來。

我可以邊行邊唱詩句編成的歌：「明月幾時有，把酒問青天。」「我是天空裏的一片雲，偶爾投影在你的波心。」

我可以在枕上翻開精緻的詩選、詞選，跟詩人作心靈交流。

我可以在銀色的月光下泛舟湖上，這就是詩。

我可以在夏日公園的噴泉旁，看活潑的孩子在水柱中跳躍歡笑，這就是詩。

我可以在夕陽餘暉下，看一對老伴在長板凳上互相依偎，這也是詩。

每天十八分鐘，不難。

好就是好

書法、篆刻家唐吉慧在他的散文集《舊時月色》中，談俞平伯老師在清華大學上詩詞課的情景。吉慧年輕，沒上過俞老師的課，他也是聽季羨林老師說的。

俞老師上課時，把當日選講的詩詞搖頭晃腦地朗誦起來，閉着眼睛，完全沉浸在其意境中。忽然睜大眼睛，連聲說：「好！好！好！就是好！」學生正等待他解釋好在何處，他又介紹另一首了。

俞老師認為將詩詞翻譯為白話文，無助於對原作妙處的理解。他曾對他的外孫說：「『今宵酒醒何處？楊柳岸，曉風殘月。』這樣的句子，還要什麼解釋，只需細讀，品味其中意境便是。」

唐吉慧認為將一種文字的詩歌譯為另一種文字，結果也會徒勞，因為那本來的「好」，總是只可意會，不可言傳。

其實不只詩詞如此，各種藝術，如繪畫，如音樂，藝評家和老師們解釋它們，形容它們，分析它們，能力有高低，但肯定比原作總相差一個或大或小的距離。最好的欣賞方法仍然是自己去看，自己去聽，細細的用心去感受，然後說：「好！好！好！就是好！」

五・寫作方略

暢銷策略

中國作家富豪榜從2006年開始，由身為記者的吳懷堯創辦，深受注目，至今已舉辦了十三屆。所根據的是版稅數字。其中有一位作家叫江南，2011年第六屆，他以年收入七百九十萬人民幣名列第六，代表作是《龍族》。從此每年都入榜，2012年名列第五，2013年名列第一，2014年名列第五，2015年名列第一，年收入三千二百萬，代表作仍是《龍族》。

根據網上作者「知乎」所說，江南本來從事奇幻文學寫作，而且是領軍人物。《龍族》是他寫作風格上一次大轉型，結果大大成功。

根據江南自定的八點和「知乎」的分析，這八點包括：

1. 以女生為主要銷售對像，因為女生才會一人買一本，男生會一個宿舍或一個班才買一本。為了迎合女生興

趣，情節要細膩，文字要抒情。(看來香港情況亦如是)

2. 結構上不要設置閱讀障礙。即是直述式好了，不要搞那麼多倒敍、插敍、拆散重組，看得人混亂不明。

3. 拒絕文藝腔。文藝腔脱離生活，不親切，讀時難投入。這時代重真實自然，文藝腔使人起雞皮。

4. 有一羣華麗高亢的男人。意思是漂亮、高質素、吸睛的男子吧。好讓女讀者傾心。

5. 主題簡單明瞭。是非分明，目標明確，免猜測，少糾結。

6. 場面有鏡頭感，方便插圖、拍戲。

7. 主角顏值高，賞心悦目。

8. 控制字數在十至十四萬字，適合出版。

這八點純從市場策略出發，跟文學的關係薄弱。

新暢銷作家

最近出現一批新暢銷書作家，書一出，就賣掉六、七千。他們都是二十來歲，而他們的讀者更年輕，大部分十來歲。

他們都在 Instagram 上寫，簡稱 IG。在 IG 上寫出了名氣，積聚了讀者，才出實體書。

他們的書具備六個特點，歸納成「SUCCES」六個字母。

Simplicity：簡單。有時只有一句話，再長也不過幾十字。但配了美麗的圖。這是 IG 的特點，比臉書的文字更簡短，因此需要精簡，開門見山，不繞圈。

Unexpectedness：出其不意。讀者想不到你會這樣想，這樣說，帶給他驚喜，也帶給他刺激。也就是說，絕非老生常談，聽厭聽膩。

Concreteness：說得實在。避免空空洞洞，說了等於沒說，詞藻美麗而無法實行。因此不是白日夢，是立即可行的事，那怕只是一些簡單的行動。與其希望他展翅高飛，不如叫他每天步行一小時。

Credibility：可信性。謊言極易拆穿，說到就要做到。信用不是短期有效，是永久可以兑現。記得自己承諾過什麼，別讓相信你的人失望。如你提倡儉樸生活，就不要常去吃浪費食物的自助餐，不經意的透露擁有十對球鞋。

Emotional：有情的。年輕人感情豐富，對具感情的文字反應強烈，有共鳴。友情、親情、愛情，都能寫得深刻動人。

Stories：故事性。文字的故事性增添閱讀趣味，讀了也容易記得。不過用簡短的文字說故事並非易事。這就需要較高的技巧。

放手去寫

小友很能寫，傳來幾篇以前寫的散文、小說、新詩，都在水平以上，得到我的讚許。

誰知她之後就慢下來，傳來的新作陷入一些套路，包括勵志小說常見的克服困難，問題青少年如何改過遷善，都是思想正確，都是正能量，可惜的是都不夠動人。她自己也覺陷入困境。

我說，你第一件事要做的就是放棄文章的「教育性」，明的也好，暗的也好，一被「教育性」綁着，就逃不過公式化。從古至今，為教育青少年，出現過多少作品，有成功的有失敗的，有突出的有平庸的，即使那些成功的突出的也已形成公式，有無數的人曾經模仿。所以你只求把故事寫得吸引，寫得有趣，寫得人物栩栩如生，那就是成功的作品。至於文章有沒有意義，我相信一定有，就算沒有又如何？

她聽了，高興的說：「謝謝你教我解脱枷鎖，立時就有很多故事想說。」

我說，這還不夠。你寫的時候不要為任何人而寫，不要為出版社，為可能的讀者：老師、家長、學生……而寫，討好他們，遷就他們，揣摩他們的口味，緊張於市場走向，這樣做，你等於接訂單交貨，即使作品有銷路，是流行讀物而不是真正有價值的作品。

她說，那好，我就寫給你一個人看，當是交給老師的功課。

我說 No！我說不要為任何人而寫，包括我。你是為故事中的人物而寫，把你的阿 Q、祥林嫂、孔乙己、閏土寫出來。

圖中有魯迅、祥林嫂、阿 Q 和閏土

魯迅像：木刻（何必端）

祥林嫂：木刻（古元）

阿 Q：木刻（趙延年）

閏土：油畫（韓和平）

郁達夫談小品文可愛之處

郁達夫於 1933 年寫了一篇《清新的小品文字》，那年耆老如我，也還未出生。如今我在報章賣文亦屬小品文字，其他文友大作亦為此類，但要達到郁達夫所述標準，都還有一段距離。

他認為小品文可愛的地方，就在它的細、清、真這三點。細，是細密的描寫；清，是慎加選擇，而非巨細兼收；真，是真切，也就是來自真實境況。

為此郁達夫舉了兩個實例，一篇是宋人羅大經在《鶴林玉露》中的一篇，他抄了一大段，我抄少點：

> 余家深山之中，每春夏之交，苔蘚盈階，落花滿徑，門無剝啄，花影參差，禽聲上下……從容步山徑，撫松竹，與麛犢共偃息於長林茂草間，坐弄流泉，漱齒濯足。既歸竹窗下，則山妻稚子作筍蕨，供麥飯，欣然一飽。

另一篇是清代史震林《西青散記》中一段：

弄月仙郎意不自得，獨行山梁，採花嚼之……童子刈芻（割草，餵牛用），翕然投鐮而笑曰，吾家薔薇開矣，盍往觀乎？隨之至其家，老婦方據盆浴雞卵，嬰兒裸背伏地觀之。庭無雜花，止薔薇一架。風吹花片墮階上，雞雛數枚爭啄之，啾啾然。

郁達夫指出文章要情景兼到，既細且清而又真切靈活，並不容易。

他又記得年幼時學作古文，老師教導說：「少用虛字，勿用浮詞，文章便不古而自古。」

詩的前路

網上有不同的《海闊天空》版本，除了作詞作曲的Beyond主音黃家駒之外，有林憶蓮、張惠妹、黃秋生等人的版本，我最喜歡的是林憶蓮。張惠妹的野性造型適合，只是她的粵語味道差了一點。

這首歌聽一次感動一次，黃秋生還未開口，把咪伸向聽眾，那羣體的合唱就使我動容：一個詩人的作品如果能如此深入人心，那怕畢生只寫了一首，也可以無憾了。

五四白話文運動，詩是變動最大的文體，可惜至今能進入人的記憶，像舊詩詞般能隨口吟唱的作品不多。我覺得如果能與音樂結合，像古代詞曲那般，應是未能普及的新詩出路之一。

胡適的新詩《希望》被配上音樂改名為《蘭花草》，是最為大眾所知的他的詩。但內容與時代脱節，尤其與青年羣體脱節，難引起情緒起伏的高潮。家駒雖逝世多年，但他的句子：

多少次迎着冷眼與嘲笑，從沒有放棄過心中的理想。

原諒我這一生不羈放縱愛自由，也會怕有一天會跌倒。

仍然自由自我，永遠高唱我歌，走遍千里。

加上悲壯帶悽愴的呼號調子，正是青年人心情的吐露。難怪現場出現集體性的投入和感動。

美麗的浪漫調子的詩，激情的掀起感情波浪的詩，悲哀的使人心碎的詩，都可以憑着音樂的翅膀飛進廣大的聽眾心中。

詩人自己學習作曲，或者跟作曲家合作，為詩闖出一條寬廣的路，是已經開步得遲要加快走的路。

詩人為什麼不寫詩了

一位名氣很大的詩人，已經多少年沒寫詩了，但大家仍以詩人稱之，可見他的詩曾經給人多深的印象。

詩人為什麼不再寫詩呢，我不敢問他，因為這是一個不禮貌的問題，我不會獲得一個開心的答案。

我未曾擁有詩人的稱號，但我年輕的時候寫詩，如今年老了仍在寫詩。我出過詩集，大公報文學版偶爾也會發表我的詩。有沒有人欣賞我不知道，但我喜歡寫卻是事實。

一個詩人長久不寫詩，我只能想像一些原因：

是生活中缺少了激情？沒有大悲大喜，日子平靜如水。不然就是悲哀過甚，覺得任何文字都不能表達。我的確有一種「偏見」，就是精雕細琢寫悼亡詩的人，其實悲哀有限。

是生活中缺少了愛？兒女或孫兒女遠在他方，老伴整天嘮嘮叨叨，或是另一半早走了，卻又沒有遲來的春天。沒有愛，哪有詩？

是對政治失望，沒有了一份家國之情，加入了沉默的大多數，不做杜甫也不做陸游。

自覺寫出來既無法超越前人，亦不能超越自己，寫來做什麼？但詩人像一座睡火山，詩思還是有機會爆發的。

初一十五

廣東俗語:「你做初一,我做十五。」舊有說法:「以眼還眼,以牙還牙。」

此類反制,其實也有講究。

第一步,確定對方目的何在?反制就是讓對方無法達到他的目的。如果決定還手,反應要快,最好就在四十八小時內,這才是力量的表現。

盡量仿效對方做法,但力度最好比對方略重,讓對方得不償失。你給我砒霜,我給你鶴頂紅。你給我飯鏟頭,我給你火赤鍊。

要準備好對方的二次、三次進攻,同樣要二次、三次的回敬。告訴對方:會奉陪到底。

對方還會找人「幫拖」,形成聲勢。這就不必學,費時失事。照樣分別回敬過去，但力度要更重。幫拖者一般是嘍囉級，想大哥給他點好處。那就要嚴加對付，不妨重手，以儆效尤。

反制可能會造成己方損失，別不捨，能殺敵八百，不惜自損一千，重要的是讓對方知道你的決心。

反制不限於對等範疇，找到對方軟肋，以眼還牙，以牙還眼，亦無不可。

時間久了，不建議對方一同取消制裁，這責任在對方，解鈴還須繫鈴人，對方不主動，讓他十年八年的存在下去。

對其他以善意待我者，要加碼示好，朋友永遠不嫌多。要一團和氣，熱熱鬧鬧。

冷靜、迅速、堅決、對等、不主動亦不被動，水來土淹，兵來將擋，來而不往非禮也，這就是反制之道。

不以哭泣為哭泣的作品

《老殘遊記》的作者劉鶚，以鴻都百煉生筆名寫此書，並自己寫序。這篇序寫得條理分明，很有意思。

整篇序圍繞一個關鍵字「哭」。

他說動物有兩種，一種無靈性，如牛馬，不會哭。一種有靈性，如猿猴，會哭。

他說靈性生感情，感情生哭泣。而哭泣又分兩類：無力類和有力類。

無力類如癡呆小孩，沒有糖果吃會哭，掉了首飾會哭。有力類如孟姜女哭崩長城，娥皇女英淚染湘竹。

有力類又分兩種，一種是以哭泣為哭泣，一種不以哭泣為哭泣。以哭泣為哭泣的力量較弱，不以哭泣為哭泣的力量最強勁，影響最大。他舉了好些例子：

《離騷》是屈原的哭，《莊子》是莊周的哭，史記是太史公的哭，《草堂詩集》是杜甫的哭，李後主用詞來哭，八大山人用畫來哭，王實甫寄哭泣於《西廂》，曹雪芹寄哭泣於《紅樓夢》，所以他說：「滿紙荒唐言，一把辛酸淚。」而他「鴻都百煉生，有生世之感，家國之感，社會之感，感情愈深，哭泣愈痛」，所以有《老殘遊記》之作。

他作結說：「棋局已殘，吾人將老，欲不哭泣也得乎？」看到這裏，我也不覺潸然了。

（清）孫溫繪《紅樓夢》大觀園

讀點童話和詩的好處

孫老師家住北角，附近有一危險斜坡，最近完成了一項工程。整片斜坡倒了水泥，不知是為了加固還是其他原因，水泥鋪面上有一突出的方塊，使人想起了西人墳地上平放的墓碑。

孫老師對此呆板又不吉利的設計，甚感刺眼，帶來不愉快的感覺。她在臉書上責備設計者愚蠢，為什麼不懂得把它設計成花朵、星星和心形？

我想有孫老師這種想法的可能不多，因為孫老師是兒童文學作家，又多年來推動詩歌朗誦工作，有這樣的背景，才有這種童真和美麗的想像。

我覺得不論一個人從事什麼工作，讀點童話讀點詩都有好處，就像這片斜坡防傾瀉工程的設計師，如果他是童話和詩歌的愛好者，斜坡的面貌就大不同，不但附近居民看了舒服，如果好的設計遍及整個城市，城市的風貌大大提高，連遊客也會增加。

醫院之中有兒童醫院，我們看到病房和醫療室都增添了童話因素，減少孩子對醫院的恐懼。其實成年人一樣有環境美好的需要，在同樣的經費下，可以把視線所見弄得更美好。

我有一個簡單的美化環境的想法，就是如今的雨傘雖然比從前多了顏色，但還可以一步發揮。把整個傘面印成一朵花，在雨天，從高處望下來，可以見到花海在移動。

還有那巴士的車頂，也可以繪上魚類、昆蟲和鳥兒，從天橋或大廈望下來，定會帶來愉快的感覺。

文體的難易

幾位愛好文學的年輕朋友討論詩、散文、小説寫作的難易，各有看法，想聽聽我的意見。我説這要看他本人的天分和能力，但每一種要寫得好都非易事。

不少愛好寫作的朋友都會嘗試寫新詩，因為他覺得新詩沒有格律限制，只要心中有激情，就能寫出動人的詩句。但成名的詩人會告訴你，沒有格律的詩不比有格律的易寫，鍛字煉詞，同樣講究。要做到每一個字都不多餘而無可替代，需要很好的文字修養。激情當然重要，但誰能經常處於激情中呢？

有人覺得散文易寫，因為把心中想説的話寫出來就是。他們可知道散文品類繁多，説理要曉暢，抒情要動人，繪景要不落俗套，要有學養，有風格，有幽默感。每天報上都有許多散文，但好的並不多。

再説小説，不等於説故事。要塑造典型人物，要反映社會特徵，要表現人生的歡樂與悲哀。需要的是豐富的經歷，犀利的剖析，精細的觀察，生動的描繪，緊密的結構，一副悲天憫人的心腸，一種善於抒述的天分。其難可知。

但不必因為難就卻步，多看好的作品，邊學邊練，定有進步。

六・文字遊戲

春茗燈謎

每年為加華作協主持燈謎競猜，已成金牌節目。燈謎除極小部分由謎書下載，其他都是我新作。由於作協都是讀書人，我的謎底較多詩詞。

下面是今年燈謎：

1. 室內盆栽	香港廉售屋宇一種
2. 永結甜心	中式甜點心
3. 勿視、勿聽、勿言、勿動	字一
4. 相逢何必曾相識	四字成語
5. 豬的生活	《論語》兩句
6. 五十年後獨不變	陸游詞一句
7. 弔浪子	蘇軾詞一句
8. 十年磨一劍	四字成語
9. 加減乘除差一點	字一

10. 申訴專員　　新聞人物一

11. 眾女歸寧　　李白詩一句

12. 哭牆戒嚴　　蘇軾詞一句

13. 嫦娥應悔偷靈藥　　蘇軾詞一句

14. 天文台停擺　　蘇軾詞一句

15. 購物狂　　晏殊詞一句

謎底：1. 綠置居　2. 糖不甩（甩，粵語「掉」的意思）　3. 罪（四非）　4. 一見如故　5. 飽食終日，無所用心　6. 只有香如故（香指香港）　7. 千古風流人物（千古，悼念用詞）　8. 唯利是圖（利解鋒利）　9. 坟　10. 任正非（擔任糾錯工作）　11. 千金散盡還復來（千金解女兒）　12. 無處話淒涼　13. 何似在人間　14. 也無風雨也無情　15. 無可奈何花落去（花，花錢的意思）

《紅樓夢》中猜謎圖

戴敦邦 繪

歌詞燈謎

加華作協春茗，邀請我為他們主持燈謎節目。我為他們製作了一批猜歌詞的謎語，都出自很有名的流行歌曲或藝術歌曲。我怕他們記不得歌詞，每人派了一張歌紙，有歌七首。結果反應熱烈，全部猜中。領獎時我還請他們把歌唱出來。下面我選出部分請你們猜：

1. 舊金山（猜《上海灘》一句）
2. 超生（猜《上海灘》兩句）
3. 房屋局的難題（猜《酒干倘賣無》一句）
4. 老生常談（猜《酒干倘賣無》一句）
5. 飲勝（猜《何日君再來》一句）
6. 行樂須及時（猜《何日君再來》一句）
7. 富人上天堂（猜《恰似你的溫柔》一句）
8. 善終服務（猜《恰似你的溫柔》一句）

9. 植物園的春天（猜《新鴛鴦蝴蝶夢》一句）

10. 高處不勝寒（猜《新鴛鴦蝴蝶夢》一句）

謎底：1. 淘盡了 2. 又有喜，又有愁 3. 沒有地哪有家 4. 多麼熟悉的聲音 5. 喝完了這杯 6. 不歡更何待 7. 這不是件容易的事 8. 讓他好好的去 9. 花花世界 10. 何苦要上青天

唐詩謎

作協春茗，每年燈謎節目包括製謎、主持猜謎、準備獎品由我一手包辦，人皆滿意，頗有口碑。

有一年的謎題全採《唐詩三百首》中詩句，為怕範圍太廣，事前印發有關詩作，謎底個中尋。

下面是部分謎面，由淺入深，請大家先動腦筋，後面附答案。(除第 4 則猜兩句外，全猜一句)

1. 旅行裝

2. 婚紗專門店

3. 文革告終

4. 老華僑歸故里

5. 胡適

6. 跑第尾

7. 結餘

8. 扮 cool

9. 居屋工程延誤

10. 地球村

11. 聾耳陳

12. 一見如故

13. 楊過

謎底：1. 遊子身上衣　2. 為他人作嫁衣裳　3. 十年離亂後　4. 他鄉生白髮，舊國見青山　5. 問君何所之　6. 後不見來者　7. 花落知多少（註：花解花費）　8. 多情卻似總無情　9. 等是有家歸未得　10. 天涯若比鄰　11. 斯人不可聞　12. 相逢何必曾相識　13. 從此君王不早朝（註：楊貴妃的過失）

身自端方体自堅硬　虽不能言　有言必應（好極的是賈老之謎包藏賈府祖宗自身必字隱筆字妙極妙極）
打一用物　說畢便悄〻的說与宝玉〻〻意会又悄〻的告訴了
賈母〻〻想了想果然不差便說是硯台賈政笑道到的是老太〻一猜就是（大君身分）
回頭說快把賀彩送来地下婦女荅應一声大盤小盤一齊捧上賈母逐件看
去都是灯節下所用所頑新巧之物甚喜遂命給你老爷斟酒宝玉执壺迎春
送酒賈母因說你瞧〻那屏上都是他姊妹們做的再猜一猜我听賈政荅應
起身走至屏前只見頭一丁寫道是

虽是家常取樂反見拘束不樂（非世家公子斷寫不及此想近時之家縱其兒女哭笑索飲長者反以為樂其礼不法何如是耶）賈母亦知因賈政一人在此所致之故（這一句又明補出賈母亦是世家明訓之千金也不然斷想不及此）酒过三巡便攆賈政去歇息賈政亦知賈母之意攆了自己去後好讓他们姊妹兄弟取樂的賈政忙陪唉道今日原听見老太太这里大設春灯雅謎故也備了綵礼酒席特來入会何疼孫子孫女之心便不略賜以兒子半点（賈政如此余亦泪下）賈母唉道你在這里他們都不敢說唉没的到叫我悶你要猜謎時我便說一个你猜猜不着是要罰的賈政忙唉道自然要罰若猜着了也是要領賞的賈母道這个自然說着便念道

猴子身輕站樹梢（所謂樹倒猢猻散是也）打一菓名

《紅樓夢》中猜謎章節

心理學燈謎

常被邀製謎，樂意為之。也是訓練腦筋的方法之一。此次參加者是心理學會中人，乃製心理謎題若干，擇其中部分供大家玩玩，每題均猜心理學名詞一。因範圍有限制，出謎難度較高，在「貼切」這點上較寬鬆。以下各謎謎底無須加上「症」字，如「抑鬱症」猜「抑鬱」便可。

1. 席前方丈，無下箸處

2. 還掩故園扉

3. 千呼萬喚始出來

4. 江楓漁火對愁，孤燈挑盡未成

5. 登泰山始於足下

6. 因過竹院逢僧話，終日昏昏睡夢間

7. 塵滿面，鬢如霜，縱使相逢應不識

從來都是出謎比猜謎容易，所以你猜不到別沮喪。

謎底：1.厭食（古人何曾的故事，擺滿一桌的菜，沒一樣想吃） 2.自閉（把自己關在園子裏） 3.自閉（總是不想見人） 4.失眠（兩句詩都缺「眠」字） 5.自卑（從低的地方開步） 6.催眠（和尚的話使他昏昏然想睡覺） 7.認知障礙（為什麼相逢不認識呢，因為有「塵滿面、鬢如霜」的障礙）

好對聯

關於對聯，有許多故事，有民間的，也有文人或名人的，為大家津津樂道的是一些巧對、絕對、無情對。如「煙鎖池塘柳」、「屋北鹿獨宿」、「五月黃梅天」之類。

其實好的聯語不在其難、其巧，而要有意思。下面舉一些：

橫眉冷對千夫指

俯首甘為孺子牛

橫眉冷對千夫指
俯首甘為孺子牛
魯迅

魯迅對強權的勇傲，對下一代的慈愛盡在此聯。

板凳要坐十年冷

文章不寫一字空

范文瀾做學問功夫，堅毅不拔，不對名利動心。寫文章要言之有物，不作無病呻吟、言不及義，值得我們效法。

風聲雨聲讀書聲，聲聲入耳

家事國事天下事，事事關心

明朝大儒顧憲成把讀書人應有的操守和關心用平常話語，寫成了這副對。

鐵肩擔道義

辣手著文章

清楊繼盛臨刑前的絕命聯，表現知識分子的抱負和不屈情懷。同樣有抱負的林則徐則說：

苟利國家生死以

敢因禍福避趨之

為國家置生死於度外，不會放棄理想，趨吉避禍。

黃埔軍校校門聯：

升官發財，請走別路

貪生怕死，莫入此門

如當頭棒喝，有理想、有抱負、有勇氣的年輕人才好進來。

大口氣

吟詩作對有一種特色叫「大口氣」，説是大人物自幼便出語不凡。本篇就談談對聯中的「大口氣」。

剃頭理髮，在從前不算高等職業，但到大人物為他們吹嘘，那就很不一樣。且看太平天國翼王石達開，為剃頭店起的對聯：

磨礪以須，問天下頭顱幾許？

及鋒而試，看老夫手段如何？

看了上聯，我們會覺得後頸冷颼颼的。石達開是借剃頭師傅寫自己。歷史人物中有資格「大口氣」的不少，其中之一是關羽，至今在民間，桃園三結義中最受崇敬的是他！南京關廟落成後，名士王壬秋為之題聯：

匹馬斬顏良，河北英雄皆喪膽；

單刀會魯肅，江南名士盡低頭。

這「口氣」可真懾人！擦古人鞋，如果是當之無愧的，不會覺得難看。擦同代人鞋，就別太誇大了。清朝的王士禎，別號漁洋山人，詩壇地位頗高，有人贈聯曰：

天下文章，莫大乎是；

一時賢士，皆從之遊。

這「天下」和「莫大」就有點肉麻了。

「口氣大」不在炫耀財富和地位，眼界胸襟也可顯示。明代李東陽書齋有聯：

滄海日，赤城霞，峨眉雪，巫峽雲，洞庭月，彭蠡煙，瀟湘雨，武夷峰，廬山瀑布，合宇宙奇觀，繪吾齋壁；

少陵詩，摩詰畫，左傳文，司馬史，薛濤箋，右軍帖，南華經，相如賦，屈子離騷，收古今絕藝，置我山窗。

自然奇觀加文化絕藝，盡在他書齋，這樣的口氣只會使人羨煞。

滄海日赤城霞峨嵋雪巫峽雲洞庭月彭蠡煙瀟湘
雨廣陵濤廬山瀑布合宇宙奇觀繪吾齋壁

嘉慶九年歲次甲子蕤賓中浣書于任城之碧山書屋齋

少陵詩摩詰畫左傳文馬遷史薛濤箋右軍帖南華
經相如賦屈子離騷收古今絕藝置我山窗

漫圃五兄先生雅鑒　古皖頑伯鄧石如

（明）李東陽書齋聯，（清）鄧石如書

多少有點神氣

《西遊記》中孫悟空想打探當地情況，便把土地老兒叫出來問話。土地老兒怎敢得罪這曾經大鬧天宮的瘟神，只有照實回答。

許多鄉村沒有大廟，村口卻有一個小小的土地廟。作為村莊的保護神。很少廟宇供奉的神祇夫婦同享祭祀，土地公公卻有土地婆婆陪着。於是有對聯曰：

公公十分公道

婆婆一片婆心

受了地方官員作威作福欺負的，就借土地爺來諷刺：

多少有點神氣

大小是個官員

不滿不屑之情溢於言表。而「神氣」一詞雙關。

官員雖小，卻是貪婪無厭，反映在對聯上有：

黃酒白酒都不論

公雞母雞總要肥

不甘心還不甘心，還是要買他怕，借土地老兒的口氣說話：

莫笑我老朽無能，許個願試試；

那怕你多財善賈，不燒香瞧瞧！

也有感覺土地爺不大管事，希望他能夠積極一點的：

土產無多，生一物栽培一物

地方不大，住幾家保佑幾家

土地爺對鄉民的冷落也有意見，回答道：

莫到做會日方言修廟；

就是無事時也要燒香！

希望大家識做啦！

人生順口溜

偶聞友人說：「有則享受，無則將就。」覺得頗有智慧，以順口溜續成之。

有則享受，無則將就。要求一百，六十收貨。

哪怕短暫，且享溫柔。多多無拘，少少也夠。

隨隨便便，莫太講究。誰要認真，無人打救。

不如意事，十常八九。誰能睇開，性命長久。

說得親熱，皆是老友。緊緊握手，猛拍膊頭。

禮下於你，必有圖謀。你有難時，鬼影沒有。

通財之義？走夾唔抖。要比義氣，人不如狗。

人之常情，喜新厭舊。心既不在，神仙難留。

政治嘅嘢，寧左勿右。意見紛紛，不置可否。

不爭是非，自我引咎。所有諸葛，皆在事後。

想保自尊，人到無求。自討苦吃，與人無尤。

無須自責，誰孰無錯？問心無愧，不必內疚。

何必強分，清流濁流？無掛無礙，拂拂衣袖。

結不能解，哪怕有酒。苦海無邊，並無方舟。

想要平安，誰能保佑？人生苦短，譬如蜉蝣。

活到八十，該已足夠。大夢一場，要早看透。

拖拖拉拉，又是幾秋。罷了罷了，萬事皆休。

「火星文」來勢洶洶

對於年輕人的網絡語言，中老年覺得不知所云，難以理解，稱之為「火星文」。老師和語言學家更擔心這些網絡語言破壞語言規律，造成不良影響。但使用網絡的人愈來愈多，方便、有趣，加上破壞規律的快感，使網絡語言來勢洶洶，禁無可禁，但看如何將之理順，吸納其中部分，讓不合理的自然淘汰。

2001 年中國經濟出版社已出版了一本《中國網絡語言詞典》，收詞一千三百零五條，正文三十八萬字。2010 年 11 月 10 日，網絡詞「給力」登上《人民日報》頭版頭條，被認為是網絡語言歷史性的大事。

如今網絡語言不但在網絡出現，報章雜誌、電台電視都有機會出現網絡語言，對不是「網蟲」的朋友來說，這恐怕仍是「火星文」，以下是為他們惡補幾個常用的：

粵語 A 至 Z

貨無嘴骨
AKNOQTU
唱阿入

財政司司長日前宣布一系列扶貧措施，電視台訪問小市民，發現出現了一種「N 無人士」：他們沒住公屋，不拿綜援，無物業要交差餉，未夠年齡拿生果金，因此所有減免和補助都與他們無關。

N 的意思來自代數，代表「許多」。

我們經常在言語中滲入一些英文字母，幾乎把它們當中文用，例如我常對妹妹說：「話咗你 N 次啦，你總是不聽，這次撞板喇！」

今天我跟妹妹來一趟字母遊

GG —— 哥哥。

MM —— 妹妹、美眉，漂亮女生。

BT —— 變態。

PMP —— 拍馬屁。

GF —— 女友。

BF —— 男友。

菜鳥 —— Trainee 新手。

河蟹 —— 和諧的諧音。

囧 —— 無奈。

神馬——什麼的諧音。

稀飯——喜歡的諧音。

粉絲——Fans 熱情的支持者。

3q——Thank you 謝謝。

顏值——漂亮度。

暈——驚訝。

PK——決勝負。

恐龍——醜女。

青蛙——醜男。

CU——See you 再見。

Me2——Me too 我也是。

+U——加油。

幸福 ing——正在幸福中。

果醬——過獎。

吐槽——挖苦、揭穿、踢爆。

^-^——微笑。

:-) ——微笑。

:-(── 不悅。

:-P ── 吐舌。

OrZ ── 五體投地。